爆肝工程師的異世界狂想曲

24

★★★

愛七ひろ

Death Marching to the Parallel World Rhapsody

Presented by Hiro Ainana

Kadokawa Fantastic Novels

插畫／shri

CONTENTS

勇者屋的發展

「我是佐藤。無論哪個行業，拓展事業和改革都是一件大工程。雖然也有單純在設備或資金方面的問題，最麻煩的還是人才的分配和培養。」

「蘿蘿，給我老樣子的那些。」

「我只要三十份面子豬的保存食品和十份沒有臭味的驅蟲藥就行了。」

開設在要塞都市阿卡緹雅，冒險者取向的雜貨店「勇者屋」今天生意也十分興隆。

「佐藤先生，波茲赫斯先生要老樣子的那些，達茲先生則要購買三號美食三十份和十份驅蟲藥。」

在櫃檯接待冒險者的老闆蘿蘿回頭說。

金色的長直髮飄逸飛舞著，為她那堪稱傾城的美貌增添色彩。

蘿蘿平時總是穿著暴露度高的民族服飾，今天卻穿著亞里沙設計的夏季版女僕裝制服。

雖然那是一種將女僕咖啡廳的女僕裝和泳裝結合在一起的煽情打扮，在人族稀少的要塞都市裡，幾乎不會被人用有色的眼光看待。

「主人，我這裡需要三瓶體力回復藥和五根帶路蠟燭。」

跟在蘿蘿之後向我要求訂單的，是擁有跟蘿蘿同樣美麗外貌的黑髮少女露露。

除了眼睛和頭髮的顏色之外，兩人看起來簡直就像雙胞胎一樣。不過她們並不是姊妹，而是有著擔任上上代勇者的渡是曾祖父這一層血緣關係的**堂姊妹**。直到偶然在這座要塞都市相遇之前，她們都不認識彼此。

話說回來，擁有奇蹟般美貌的兩人像這樣站在一起，這突破天際的「美麗」別說是傾城了，感覺連星辰和時空都會為之傾倒。

「唔，色瞇瞇。」

帶著一副如果是漫畫會出現「氣噗噗」字樣拉著我耳朵的，是精靈族的幼女蜜雅。或許是因為墊著腳尖，從她那綁成雙馬尾的淡綠色秀髮底下，能隱約看見精靈特徵的微尖耳朵。

「我才沒有色瞇瞇的喔。」

我一邊這麼回答蜜雅，一邊將蘿蘿和露露要求的商品擺到櫃檯上。

「差不多該再去補充一些保存食品了吧？」

儘管還剩下一點，感覺再來兩三個客人就會賣光。

「主人，我來補貨了，我這麼告知道。」

娜娜從後院搬來了一個大箱子。

雖然娜娜看起來像個金髮巨乳的人族美女，她的真實身分是只有一歲的魔造人。

「娜娜，不可以停下來。」

「組人，放哪裡？」

「組人，誇獎我。」

在娜娜身後抱著箱子的倉鼠孩子們，是勇者屋的幾個蹴鞠鼠人小孩店員。

我向四人道謝並接過箱子，將它們堆放在不會礙事的地方。等客人變少之後再整理吧。

「幼生體的情況還好嗎，我這麼提問道。」

娜娜如此詢問的對象並不是倉鼠孩子們，而是在櫃子上縮成一團的幼狼費恩。

費恩朝娜娜瞥了一眼，接著像是不感興趣似的閉上眼睛。

這隻冷酷幼狼的真實身分，是比山還要巨大的神獸芬里爾。為了恢復和上級魔族交戰而消耗的身體，現在變成了幼狼模式。牠似乎也能在短時間內變成狼人的樣子。

「慢慢休息就好，我這麼告知道。」

娜娜的表情沒有絲毫不悅，她輕輕摸了摸費恩的頭，之後帶著倉鼠孩子們回到後院。

「履歷表已經檢查完了，我也來店裡幫忙吧。」

從後院走出來的是更換成女僕裝，穿得跟大家一樣的幼女亞里沙。

她用金色的假髮遮住自己那遭到忌諱且作為轉生者證明的紫色頭髮。

「咦?莉薩小姐她們呢?」

「前來交貨的蠟燭店老闆娘閃到腰,所以她們送老闆娘回家了。」

波奇和小玉則負責搬運貨物。

正當我一邊這麼說一邊應付客人時,獸娘們從後門回到店裡。

大概是因為店裡擠滿客人,她們才繞去後門吧。

「窩灰來了~」

這麼說著貼在我腳邊的,是貓耳貓尾的幼女小玉。

能夠不發出腳步聲走在堆滿雜物走廊上的她,是隊伍「潘德拉剛」的斥候,也是能夠使用獨門忍術的貓忍者。

「我回來了喲!」

犬耳犬尾的幼女波奇以強勁的氣勢撲到我背上。

有些笨拙的波奇似乎不是繞開貨物走過來,而是用空步技能跳到天花板附近一躍而下。

「主人,我們已經把那位夫人送回去了。」

有著朱紅色頭髮的橙鱗族少女莉薩跟在兩人後方回到店裡。

意外地容易害羞的她身上穿著平時的軍裝風格打扮,而不是女僕裝。

「歡迎回來。很抱歉剛回來就麻煩妳們，來幫忙吧。」

畢竟現在忙到喘不過氣來。

不過，大約一個小時之後就平靜下來了。

「哈囉～少爺。」

常客諾娜小姐來到人潮散去的店裡。

在這個以獸人為主的要塞都市中，她是名罕見的人族女性冒險者，也是從以前開始就很照顧蘿蘿的好人。

因為糾紛而離開隊伍之後，她就一直單獨行動，不過今天很難得地帶了人過來。

「什麼嘛，這不是『沒毛的』的店嗎？」

當諾娜小姐帶來的鼠人女性說出「沒毛的」這個人族蔑稱的瞬間，店內的常客們紛紛用充滿殺氣的視線朝她看了過去。

在那些愛吵架的常客展開行動之前，諾娜小姐先一步朝帶來的鼠人身上揍了一拳。

「好痛——妳幹嘛啊！」

「我說過別在這裡用那種蔑稱了吧！」

「用『沒毛的』叫『沒毛的』，有什麼——」

在接著說出「不對」之前，鼠人終於察覺到店裡的氣氛。

「啊～怎麼說呢——抱歉。」

儘管對周圍的視線感到畏懼，她仍然虛張聲勢地擺出高高在上的態度向我道歉。

「我沒放在心上。不過，無論是對哪個種族，都還請不要在店內使用蔑稱。」

「嗯，知道了。我會注意。」

聽到鼠人這麼說，周圍的氣氛終於恢復原狀。

「唉呀～我的搭檔給你們添麻煩了呢。」

「既然說是搭檔，代表妳組成新隊伍了嗎？」

「沒錯。在前陣子的防衛戰一起戰鬥時，覺得很合得來。」

見諾娜小姐笑瞇瞇地這麼說，鼠人用鼻子哼了一聲別過頭去。

「恭喜妳，諾娜小姐。」

「謝啦，蘿蘿。」

蘿蘿結束休息，回到了櫃檯。

「今天要買些什麼呢？」

「我要平時買的那些。她的話——」

「給我魔力回復藥。兩瓶就夠了。」

我將接待交給蘿蘿，自己則去迅速準備她們購買的物品。

諾娜小姐所說的防衛戰，就是死靈術士贊札桑薩率領不死族軍團攻進要塞都市那件事。最後甚至連上級魔族都冒了出來，是一場相當艱辛的戰鬥。除了夥伴們、大魔女阿卡緹雅和神獸芬里爾之外，冒險者們也大顯身手了一番。

話雖如此，這件事還有許多未解之謎，像是贊札桑薩的目的，以及上級魔族為何會參戰之類的。

似乎還有騷動潛伏在暗處，感覺有點討厭。

「這些是兩位的商品，還請確認。」

「可以打開確認嗎？」

「沒問題，請便。」

我朝鼠人點了點頭。

對於第一次光顧的店，當然會在意品質嘛。

「——品質不錯。」

「妳看得出來嗎？」

「別把我跟妳當成同類。」

看來她很中意這些商品。

「需要保養武器嗎？」

「可以嗎？」

「因為這個時段比較有空。」

我將諾娜小姐交給我的金屬劍放在磨刀石上輕輕摩擦，最後抹上薄薄的油確認鋒利度。

「妳要不要也保養一下？」

「我的法杖不是一般雜貨店能夠保養的東西。」

鼠人用的法杖是軍用的火杖，因此她說得對。

「總覺得少爺做得到耶……」

「我說不用就是不用。」

無論保養還是製作我都辦得到，但如果本人沒那個打算，我也不會勉強。

「要是您哪天改變心意了，再拿來給我看一下吧。」

總之我開口這麼應付，接著目送用隨時會吵起架來的粗暴語氣互相爭論、感情良好的二人組離開。

「那樣沒問題嗎？」

「不要緊的。」

我對露出擔憂表情的蘿蘿做出如此保證。

畢竟她們看起來很合得來嘛。

◆

「我泡好茶了。」

「謝謝妳，蘿蘿。」

蘿蘿端著茶和輕食走了過來。

因為客人差不多都離開了，我們便將店面交給莉薩看顧，自己則退到後院休息。

「待會兒也拿一份去給莉薩吧。」

「露露小姐已經端過去了。」

不愧是露露，做事非常周到。

「蘿蘿，接下來要開始進行店員候補人選的面試說明，妳先坐下吧。」

亞里沙一邊將前來應徵的候補店員名單拿給我們看，一邊開始說明。

「人數比想像中來得少耶。」

「感覺會有問題的，我都先剔除了喲。」

因為有使用空間魔法的氣息，她或許使用了眺望與遠耳來做面試者的身家調查吧。

「即使如此，以面試人數來說還是有點多，再稍微減少一些吧。」

或許是因為身為人族的蘿蘿經營的勇者屋要招募員工，前來應徵的人族數量罕見地多。

「感覺比較值得期待的是這些。因為想找幾個能兼顧保鏢工作的人，也加入了原本是冒險者的人。」

「佐藤先生，你覺得哪個人比較好呢？」

「停！勇者屋的店長是蘿蘿，所以別一開始就依賴主人，要自己做出選擇。」

「……是，對不起。」

被亞里沙斥責之後，蘿蘿苦惱萬分地選出面試的人選。

「接下來是關於跟工房及工廠的合作事宜吧。」

這是為了向外發包我製作的保存食品和道具類物品。

蘿蘿看到亞里沙提出的清單，露出困惑的表情。

「那、那個……小亞里沙。清單上沒有之前拜託的路吉布先生的工廠和多佩利先生的工房耶。」

「喔——關於這件事啊……」

亞里沙似乎有點難以啟齒。

「那間工廠倒閉，而工房則換了招牌。目前那兩間似乎都隸屬於哥爾哥爾商會旗下，由全新的成員負責經營。」

她口中的哥爾哥爾商會，是要塞都市阿卡緹雅數一數二的大商會。

「那是妳的熟人開的店嗎？」

「是的。他們跟勇者屋的前兩代——奶奶的關係很好。媽媽經營的上一代也受到他們很多照顧。」

「奶奶還在世的時候僱用了很多人，也開了好幾家分店；但是在媽媽那一代發生了許多事，勇者屋才變成現在這樣……」

「以前業務的範圍比較廣嗎？」

蘿蘿的母親或許沒有商業頭腦，或是把財產拿去做某些事情，才導致規模縮小了吧。現在的勇者屋店面據說被當作初代第一間開幕的紀念店鋪，才留到了最後。

「嗯～這樣的話，小蘿蘿是想讓勇者屋變得跟以前一樣嗎？」

「雖然覺得沒那麼簡單……」

蘿蘿先是朝地面看了一會兒，接著抬起頭來。

「我有時候也會覺得，要是能那樣就好了。」

蘿蘿緬懷過去似的露出微笑。

「既然如此，就那麼做不就行了？」

「我辦得到嗎？」

蘿蘿充滿期待地看著我和亞里沙。

「當然沒問題啊。對吧，主人？」

「沒錯。幸好來客數也很穩定，依現在的銷售狀況看來，只要能確保人手，就算增加店面也不成問題。」

不如說，目前勇者屋狹小的店面無法容納尖峰時段的所有客人。

「如果要擴大規模，就不能只顧著增加店員，還需要能在蘿蘿底下掌管所有事情的總管，和專門負責會計的人才行。」

「那方面就由佐藤先生和小亞里沙——」

「我們不行啦。因為不知道會在這裡待多久。」

「——說得……也是呢。畢竟各位都是冒險者嘛……」

亞里沙斬釘截鐵地說，蘿蘿當場愣住，

「明明一開始就說過了，我這個人真是……還以為各位會一直陪在我身邊。」

她用生硬的笑容說。

看起來隨時都會哭出來。

「我們不會突然不告而別啦。」

我抱住失落的蘿蘿，溫柔地安慰她。

亞里沙見狀用嘴型對我說：「花・花・公・子。」但我完全沒有那個意思。只是因為她長得和露露很像，使我不小心用對待露露的方式來對待她罷了。

「可是，你們總有一天會離開吧。」

「……是啊。」

因為說謊也無濟於事，我老實地做出回答。

「只要趁我們還在的時候，找到新的勇者屋核心成員就行了。」

「……好的。」

蘿蘿靠在我胸口上點點頭。

「主人——發生什麼事了嗎，蘿蘿小姐？」

露露從店裡回到這裡，看見蘿蘿的模樣大吃一驚，急忙跑了過來。

「沒什麼，我沒事。」

受到露露擔心的蘿蘿拚命地擠出笑容佯裝自己沒事。

亞里沙用力拍了一下手，強硬地轉換了氣氛。

「總而言之，作為逐步確保人才和擴大規模的一環，先來挑選委託外包的廠商吧——」

她將合作廠商的清單攤開在桌上。蘿蘿擦掉眼淚之後，一邊徵詢我和亞里沙的意見，一邊開始挑選外包的廠商。

◆

當我跟莉薩換班，在櫃檯做著自己感興趣的工作等待客人上門時，大門打了開來。

走進來的是自稱大魔女弟子的緹雅小姐，而她的真實身分正是統治要塞都市的大魔女阿卡緹雅本人。

緹雅小姐一邊在店內東張西望，一邊悄悄地走了過來。

以平時總是大聲說著「蘿蘿在嗎～？」走進店裡的她來說，這還真是罕見。

「午安，緹雅小姐。要叫蘿蘿過來嗎？」

聽到我這麼說，她將食指豎在嘴唇前發出「噓！」的聲音提醒我。

看來是不想讓蘿蘿知道的事。

「費恩先生的狀況如何？」

「一直都像那個樣子。」

我指著在櫃子上睡覺的幼狼。

「這樣啊。看來果然暫時無法當成戰力呢。」

緹雅小姐是少數知道費恩的真面目是芬里爾的人之一。

「我有一些祕密要說，能借一步說話嗎？」

「我明白了。」

我將看店的工作交給待在後院的娜娜，與緹雅小姐一同前往她的其中一個藏匿處。

「——這樣就沒問題了。我發動了防止偷聽的術式，所以不必擔心會被人窺探。」

緹雅小姐將帽緣寬大的帽子扔到衣帽架上，接著坐上沙發。

活偶發出喀嚓喀嚓的聲音將點心和果汁端了過來。那看似果汁的飲料，是勇者屋特製的營養補給劑。

緹雅小姐拿起杯子一口氣喝了下去。

「嗯，真好喝。最近要是沒喝這個，我一整天都會沒幹勁。」

「非常感謝您的愛戴。不過，還請記得遵守飲用方式和用量喔。」

「我、我知道啦。因為莉米也這麼說，所以我一天只喝五杯。」

「這樣已經喝太多了。」

「真是的，連佐藤先生也跟莉米說一樣的話。」

莉米小姐好像是大魔女的首席弟子。

「畢竟沒有喝著這個，我就沒辦法工作，沒關係啦。」

「有忙到這種程度嗎？」

我向揮著空杯子的緹雅小姐提問。

「明明光是一般事務就已經忙得要命了，最近又因為前陣子的事件增加了一堆工作。另外還有個到處惹麻煩的傢伙在嘛。」

「前陣子的事件是指不死族群體和上級魔族攻進這裡的那件事吧？」

「沒錯，收拾善後可累人了。」

「緹雅小姐覺得事情這樣就結束了嗎？」

聽到我這麼問，緹雅小姐一臉疲憊地搖了搖頭。

「要是贊札桑薩——操縱不死族的死靈術士就是所有事件的幕後黑手，那麼事情就簡單了。可惜並非如此……」

「您跟他很熟嗎？」

「算是吧。雖然最近有些疏遠，以前我們感情很好。要塞都市成立死靈術士公會時，贊札桑薩是最努力的人——他本來明明不是會做出這種事情的人，究竟發生什麼事情了……」

緹雅小姐說到後半像是在自言自語。

雖然她似乎很信任贊札桑薩，正因為我知道他為了將蘿蘿的青梅竹馬——少年死靈術士夏希當成棋子利用，用詛咒扭曲了他的心靈，所以我有點不同意她的看法。

不過，姑且不論他是不是好人，還是繼續話題吧。

「贊札桑薩先生跟魔族有什麼關係嗎？」

「我沒聽說過耶。他的親人是被魔王信奉者殺害的，應該反而討厭魔族吧？」

「也就是說，是某個操縱了魔族的人，同樣也操縱了贊札桑薩先生嗎？」

「雖然無法斷言，我認為幕後黑手另有其人。」

——幕後黑手嗎……

「不過，既然怎麼看都像殺手鐧的上級魔族被打敗了，我不認為對方會再有所動作。」

「在那之後魔族就不再出現了嗎？」

「是啊。不光是下級魔族，連不時出現、到處亂竄的小惡魔也不見蹤影了。」

我有空的時候也會進行地圖搜索，可是自從贊札桑薩的事情發生之後，要塞都市附近和樹海迷宮就沒看到過魔族了。

「您知道幕後黑手的目的是什麼嗎？」

「知道。大概是——呃，這個是祕密喲。畢竟祕密越少人知道越安全。」

對此我也有同感。

「請讓我確認一件事。幕後黑手的目的應該不是讓魔王復活之類的事情吧？」

「嗯，不是。唯獨這點我可以肯定。」

緹雅小姐露出肯定的表情說。

明明說是祕密，她還是立刻回答我的問題。搞不好她已經察覺勇者無名的真實身分就是我也說不定。

「如果有什麼我能幫忙的，請儘管說。」

「說得也是呢。要是世界面臨危機，到時候就拜託你了。」

緹雅小姐開玩笑似的說。

——應該是在開玩笑吧？

畢竟這個世界經常遭逢危機，因此不能掉以輕心。

雖然目前從世界各地蒐集到的情報中沒有聽說過類似的謠言或是傳說，所以我想應該不要緊就是了。

「話說回來，您今天找我來的目的，就是要講剛剛那件事嗎？」

「不是喔。我想確認你跟蘿蘿進展到什麼地步了。」

「別說進展了，我們根本不是那種關係。」

緹雅小姐說出滿腦子都是戀愛的話。

無論年紀多大，女性果然都很喜歡戀愛話題呢。不過，也有男生喜歡這種話題就是了。

「少打馬虎眼！這可是一件很重要的事喔？畢竟要塞都市的人族很少啊！」

緹雅小姐開始喃喃自語，小聲說：「畢竟就算我偷偷派年紀相仿的男孩子過去，她也一直都沒反應。」

我想只是因為，蘿蘿光是經營勇者屋就已經費盡全力，沒有多餘的時間談戀愛而已。

「我還是第一次見到蘿蘿那麼開心地和男孩子交談耶！既然佐藤先生有那麼多妻子，再多一個也無所謂吧？畢竟渡在故鄉也有個懷孕的老婆，還是在這裡跟米米生了小孩。」

渡——啊，是指蘿蘿和露露的曾祖父嗎？請別因為同樣是勇者，就把我跟他相提並論。

「請等一下，露露她們不是我的妻子。」

「咦？你又來了～」

緹雅小姐不肯相信我。

「這是真的。」

「你們明明看起來似乎對彼此的一切都十分了解，感覺就像老年夫妻耶？」

「雖然不知道您指的是我跟誰之間的關係，不過我們並沒有在談戀愛。我真正喜歡的另有其人。」

我不打算跟波爾艾南之森的高等精靈——心愛的雅潔小姐以外的人談戀愛。

「是我認識的人嗎？」

「我想您應該完全不認識她。」

「這樣啊……我認為只要不是玩票性質，老婆再多也無所謂，果然行不通嗎～」

緹雅小姐趴倒在桌上。

請不要用充滿期待的眼神一直偷看我。

我不打算跟蘿蘿搞外遇。

「唉～該怎麼辦才好。因為佐藤先生提高難度，要找到同樣等級的人太困難了啦。」

畢竟我已經三百一十二級了。

玩笑話先放一邊，緹雅小姐正為了蘿蘿的婚姻大事而煩惱。

「不必那麼鑽牛角尖吧？蘿蘿不是才十四歲嗎？」

原以為蘿蘿的年紀跟露露一樣，其實她比露露小一歲。

「不是年齡的問題。蘿蘿必須生很多孩子讓後代子孫繁榮才行。還是說，你願意跟我出軌生小孩？」

「這個提議的確很有魅力，但我很專情。」

雖然不清楚緹雅小姐說的話前後有什麼關聯，我不打算跟她做出會生小孩的事。

「你在意年齡嗎？」

「不，我喜歡的人年紀也比我大。」

畢竟已經一億歲了。

「唉，天上能不能掉個好男人下來啊？」

緹雅小姐一邊開這種玩笑，一邊喝下第二杯營養劑。

總覺得氣氛有點奇怪，還是轉移話題吧。

「關於在贊札桑薩的事件中，那個被他操控的死靈術士少年——」

「你是指夏希吧？那個蘿蘿的青梅竹馬。」

聽到我這麼問，緹雅小姐便將他的近況告訴我。

因為新手區域正在建設能讓冒險者避難的堡壘，他正在那裡使用死靈術士的技術協助內部進行裝潢。危險的戶外作業好像交給資深人員負責，在一定程度上照顧了他。之後再把這件事告訴他母親，也就是蠟燭店的老闆娘吧。

「雖然建設讓初級冒險者死亡率下降的堡壘也很重要，可是修理都市外牆更是一件大工程呢～」

「需要幫忙嗎？」

「雖然這個提議很令人開心——果然還是算了。畢竟防衛上會出問題的地方已經先搞定了，更何況其中也包含了幫窮人安排工作的涵義在。」

原來如此。既然安全方面沒有問題，就不該破壞公益事業。

我對緹雅小姐提出，想藉助她的力量幫助勇者屋拓展事業，結果她比預料中更乾脆地答應了。

「真的可以嗎？」

「這是為了蘿蘿對吧？既然如此，什麼忙我都會幫。」

儘管早就知道緹雅小姐很疼蘿蘿，沒想到她甚至連公開場合也會提供方便。

這麼一來，感覺能湊齊勇者屋的新核心成員了。

「難不成，緹雅小姐是蘿蘿的母親嗎？」

「——母親？哈哈哈哈，才不是母親啦。當然，也不是祖母喔！」

以緹雅小姐的年紀看來，感覺她會說出曾祖母之類的話，但還是別多嘴好了。

既然她沒有否認血緣關係，那麼把她當成蘿蘿年齡相差很大的阿姨就行了吧。

當我從緹雅小姐的藏匿處回到勇者屋後——

「幽會是有罪的喔！」

「嗯，有罪。」

「佐藤先生外、外遇了嗎？」

我被蜜雅和亞里沙認定有外遇，連蘿蘿都誤會了。

「如果對象是緹雅小姐，我——」

「這是誤會。」

「可、可是……」

「不要緊的，蘿蘿小姐。主人很容易被人誤會。」

託露露的福，好不容易解開了蘿蘿的誤會；但蜜雅和亞里沙還是對我處以補充主人成分之刑當作外遇的懲罰。

我答應之後，她們的心情立刻就變好了，我想她們肯定從一開始就知道我沒有外遇。

或許是因為最近注意力都在蘿蘿和勇者屋身上，沒時間讓亞里沙她們撒嬌，以至於她們有些寂寞了也說不定。

◆

今天我和蘿蘿一起面試前來勇者屋應徵店員的人。

大概是前來應徵的女孩子很多的緣故，亞里沙和蜜雅也作為旁聽參加了。

「我叫穗羽，人族，今年十四歲。我什麼都願意做，也會拚命工作！請僱用我吧！」

「我是珮珮，鼠人族，今年十五歲。我原本是冒險者，會加油工作。」

「我是希波，犬人族，今年十六歲。我會遵守老闆說的話。曾經當過冒險者。」

雖然面試時要求她們依序說出姓名、種族、年齡和簡短的自我介紹——

「我是索休，人族，今年十六歲，擅長料理。媽媽跟奶奶都生了五個以上的孩子，所以可以儘管對我有所期待。冒險者不適合我。」

「我叫做柯娜，是個十五歲的人族，對所有家事都很拿手。經常被家人說不需要禮金，快點嫁人吧！」

——就像這樣，也來了幾個誤以為是在相親而不是求職的孩子。

其中又以人族的數量特別多。或許是這塊土地沒什麼機會接觸異性的緣故也說不定，但因為會惹得亞里沙和蜜雅不高興，希望她們別這麼做。

「如果誤以為是在相親，請妳回去。」

「討厭～我也會好好工作啦。」

因為沒有公共的教育機構，幾乎所有孩子都不用敬語。

雖然好像有類似寺子屋的私立學校，由於要塞都市的人族大多都很窮，曾經去那裡上過學的似乎只有包含蘿蘿在內的少數例外而已。

經過一系列的問答之後，我們請參加面試的人離開，告知他們將於日後通知錄取與否。

「感覺正經的人很少呢。蘿蘿覺得哪個孩子比較好？」

「呃……雖然我覺得穗羽小姐、珮珮小姐和希波小姐比較好——」

此時蘿蘿抬頭仰望著我。

「不要看主人的反應！自己做決定！」

「是、是的！我認為可以僱用穗羽小姐！珮珮小姐和希波小姐的話——」

「那兩個人讓妳很猶豫嗎？」

「是的。因為珮珮小姐給人感覺經常發呆，希波小姐則注意力散漫。」

由於蘿蘿在問答環節時把一切都交給亞里沙處理，讓我有點擔心，不過她似乎有好好看清楚該留意的地方。

「既然如此，要僱用索休和柯娜嗎？」

雖然她們把找工作當成相親這點讓人很在意，會做家事和料理是一大優點。

「不可以！」

「不行喔。」

「不行。」

蘿蘿、亞里沙和蜜雅三人立刻開口否決。

「不能讓那種害蟲待在主人身邊。」

「嗯。」

聽到亞里沙這麼說，蘿蘿和蜜雅不斷點頭。

「那麼，既然這次的錄取名額是兩個人，那就錄取穗羽。珮珮和希波則暫時錄取，看過她們的工作表現之後再做決定？」

「慢著，這樣不如把三個人都當成暫時錄取，要是覺得她們做得不錯，再轉為正式員工就行了。如果觀察三個月之後覺得不行，到時候再終止契約就好。」

「妳要怎麼做？」

縱使覺得亞里沙的提議比較好，為了促進蘿蘿身為老闆的成長，我把最後的決定權交給她負責。

「呃……」

蘿蘿偷偷窺探我的表情。

「不必在意我的想法，身為老闆的蘿蘿的決定才是最重要的。」

我雖然會提供意見，最終決定權還是在老闆身上。

「我明白了。那麼就照小亞里沙的提議做吧。」

「ＯＫ～那麼錄取通知的內文就用這個吧。落選通知的內容我再另外寫，那部分就交給妳嘍。」

由於落選通知的數量很多，我只把發送對象的名字交給亞里沙，其他部分則由我藉由書寫技能與影印機不分軒輊的速度進行量產。順帶一提，亞里沙決定使用的落選通知內容，採用的是所謂的「祝福信」式樣。印象中她好像還感慨地說：「讓我想起了求職的時候呢。」

◆

「擦地板的訣竅是固定往一個方向擦。」

「是的，露露小姐。」

「對待幼生體要慎重，我這麼告知道。」

「幼狼好可愛～」

「用抹布擦地板的時候要用力擰乾喔。」

「嗯，知道了。」

夥伴們正在教導暫時錄取的孩子們平時要做的業務。

不對，娜娜沒有在教。

「擺放哪些商品去問蘿蘿老闆或佐藤先生就行了吧。」

「沒錯。可不准對主人出手喔。」

「是是是，知道了、知道了。」

「前輩真可愛。商品放在哪裡呢？」

「這裡，很好吃。」

「這裡，味道很香。」

「這裡，可以偷懶。」

請不要拿倉鼠孩子們來當參考。

「記得把魔法藥收進這裡的地板下面。因為瓶子很容易弄破，拿的時候要小心喔。」

「說得沒錯～畢竟這一瓶就相當好幾天的薪水嘛。」

「噫！我、我會小心，會小心翼翼對待它們。」

因為被亞里沙威脅，犬人族的希波將尾巴藏進雙腿之間。

「那麼，看起來應該沒問題了，我們就出發去迷宮嘍。」

「路上小心。」

「「「好的～」」」「喲！」

目送夥伴們離開後，蘿蘿開始說明工作的步驟。

我稍微得到一些空閒，便趁這段時間補充商品。

由於時間接近傍晚，上門的客人開始增加，所以我也往店裡移動。

「差不多要到客人數量變多的時候了。看到客人不斷上門或許會感到焦慮，但還請各位別著急，細心地接待每一位客人。要是應付不來，我跟佐藤先生會幫忙，所以請別慌張。」

我的順風耳技能聽到蘿蘿正在對店員們這麼說。

「那麼，我就專心負責支援吧。」

「是的，我今天打算讓新來的各位累積經驗。」

跟態度從容的蘿蘿相反，新來的店員緊張得動作僵硬。

「佐藤先生。」

蘿蘿悄悄對我說：

「小亞里沙說過：『要是新人看起來很緊張，就去摸她們的屁股幫忙緩解一下吧。』這麼做比較好嗎？」

「不需要做那種事。」

真是的，雖說這樣的確很有亞里沙的風格，可是不可以性騷擾。

就在我們像這樣閒聊的時候，客人上門了。

是常客的狼人冒險者。

「哦，是新來的孩子嗎？毛色挺可愛的嘛。要不要跟我交往啊？」

「那是業務範圍外的事情，我拒絕。」

「真冷淡耶～小蘿蘿，我要老樣子的那些，還有三片陶洛斯肉乾。」

「好的，奇可克先生。請幫我準備二號美食二十份、帶路蠟燭十根和三份驅蟲藥。」

幾名新人和倉鼠孩子們在蘿蘿的指示下準備商品。

有關結帳，穗羽在蘿蘿的指導下透過速查表和計算尺進行計算，提心吊膽地收錢並進行找零。

「拿去，這是送給新人們的禮物。」

狼人冒險者這麼說，將多買的陶洛斯肉乾各塞一塊到新人嘴裡之後離開店裡。

「真是好人，下次再來。」

「真好吃。」

「我還是第一次被獸人親切對待。」

希波和珮珮咀嚼著肉乾，人族的穗羽則顯得非常吃驚。

「因為來店裡的客人幾乎不會用『沒毛的』這個蔑稱來稱呼人族啊。」

蘿蘿自豪地這麼說。

「蘿蘿～我要魔力回復藥和應付毒蟲的解毒藥，還有五份好吃的保存食品。最便宜的那種就行了。」

「少爺，幫我的劍保養一下。另外還要老樣子的那些。」

以剛剛的狼人為開端，常客們一個接一個地走進店裡。

因為常客們大多只說「老樣子」，蘿蘿便將常客的姓名和平時會買哪些商品一一告訴新人們。

再怎麼說，她們應該不可能立刻記住名字和購買的商品，目前就先從記住名字開始吧？

「蘿蘿很習慣教人呢。」

「因為我平時就會教這些孩子們啊。」

「蘿蘿，了不起？」

「蘿蘿，交給我。」

「蘿蘿，稱讚我。」

蘿蘿撫摸倉鼠孩子們的頭，將理由告訴我。

「老闆——！佐藤先生——！救命啊——！」

唉呀，現在不是玩的時候。

雖然不到早上那種程度，傍晚還是很忙，我也得努力做好約三人份的工作才行。

當工作告一段落時，三名新人都顯得疲憊不堪。可是在我說出要準備許多大餐舉辦歡迎會之後，她們立刻就恢復了精神。

「我還是第一次吃陶洛斯的肉。」

「蘿蘿老闆跟佐藤先生都是好人。」

「能吃到這麼美味的料理，還真是幸福。」

不過也只有一開始才能聽到這種感想。在得知能夠自由添飯之後，三人便拚命將料理往嘴裡塞，感覺就像來到大胃王比賽會場一樣。

即使如此，她們的食量跟獸娘們相比還算可愛。因為料理還剩下很多，我便裝進容器裡，讓她們當作伴手禮帶回家了。

「我會一輩子跟隨老闆。」

「明天早上也吃大餐。」

「非常感謝！這樣也能讓家人享用了！」

拿到伴手禮之後，三人感動不已地跳起舞來。

看來她們似乎非常開心。如果下次又做了許多料理，再分給她們吧。

◆

聘請新店員之後過了三天，現在除了忙碌的時間帶之外，新店員們已經能夠獨立經營店面了。

本以為這下就能稍微做點感興趣的工作，然而沒過多久，就有麻煩不請自來。

「妳說什麼——！這間店不光販售不良品，居然還敢刁難客人嗎！」

我注意到怒罵聲之後朝店裡走去，看到幾個長相凶惡的獸人們正衝著新人店員穗羽大吼大叫。

他們一副就像在說自己是「小混混」的打扮。剛到這裡的時候或許看不出來，但現在我就能夠辨別。

「請不要找碴。」

珮珮開口反駁，將穗羽護在身後。

就連總是躺在櫃子上睡覺的幼狼費恩也來到櫃檯邊，一動也不動地發出低吼聲。

「請問有什麼問題嗎？」

由於情況一觸即發，我用平靜的嗓音開口介入。

「你說問題——問題可大了！」

小混混揮手掃開櫃檯上的所有商品。

「——唉呀。」

我迅速跳到空中，回收所有從櫃檯飛出的商品。

雖然也曾想過刻意讓對方破壞商品，好將他們交給警備部門，但是好不容易做好的商品被這種傢伙弄壞，讓人覺得很不爽。

「佐藤先生好厲害。」

「動作真快。」

珮珮和穗羽稱讚我。

為了不讓損失繼續增加，我走出櫃檯。

「剛剛您好像提到了不良品吧？」

「啊～沒錯！老子喝了這個魔法藥，可是完全沒有效果！」

男子氣勢洶洶拿給我看的，是冒險者公會和其他店舖販售的一般魔法藥瓶，並不是勇者屋使用的瓶子。

「這個不是我們這裡販售的魔法藥呢。」

「你說什麼？打算狡辯嗎！」

他叫得太大聲，連口水都噴了出來，我拿起放在櫃檯的盆子擋著。之後消毒一下吧。

「不是狡辯，這個才是勇者屋的魔法藥。我們的瓶子底部有像這樣的印記，而且採用的是能分辨是否打開過的構造。」

印記是在圓圈裡寫上平假名的「ゆ」，瓶蓋則模仿了寶特瓶。因為用樹海迷宮的固有素材就能輕鬆做出來，我打算在越後屋商會也推廣一下。

「吵死了——！廢話少說，趕快賠錢給老子，聽到沒——————！」

男子露出猙獰的表情怒吼，打算作勢蒙混過去。

這樣會嚇到新人店員，真希望他別這麼做。

費恩使用了威迫技能加在低吼聲中。

「——噫！」

效果非常驚人，男人們害怕地後退幾步。

「大、大哥……」

「今天還是算了吧。」

「混、混帳！要是失敗的話，從明天起我們就得去城牆邊的破舊小屋了喔！」

我的順風耳技能聽見男人們小聲爭論的話。

——失敗？

他們是被某個人命令過來找碴的嗎？

「唔喔喔喔！老子要拚到底————！」

被稱作大哥的人自暴自棄地舉起拳頭朝櫃檯衝了過來。

「「呀啊！」」

「佐藤先生！」

在新人們的尖叫聲中，男人的拳頭朝我的臉部逼近。

因為是一記很標準的電話拳，我在逼近眼前的位置擋了下來，直接將他朝兩名手下的位置扔了過去。能扭動手腕就把他摔出去，應該是多虧了格鬥技能與高得誇張的力量值。

男人們發出如同青蛙般的慘叫聲昏了過去，隨後我將他們一個接一個地扔到店外。這樣他們應該就會逃走了吧。

因為他們說的話讓我很在意，於是我在那個被稱作大哥的男人身上加上標記，並使用空間魔法「眺望」和「遠耳」跟蹤他。儘管暫時無法確認夥伴們的狀況讓我很擔心，就當作是為了讓她們獨當一面，忍耐一下吧。

「佐藤先生，謝謝你。」

「佐藤先生真厲害呢。」

「嗯，就像冒險者一樣。」

「別看我這樣，我也是個冒險者喔。」

我拿出銀虎級的冒險者證給新人店員們看，她們紛紛向我投以尊敬的目光。

隨後我將以幼狼模式坐在櫃檯的費恩抱回櫃子上，並小聲向他道謝。

「謝謝你剛剛保護新人們。」

『我會保護蘿蘿的族群，僅此而已。』

費恩用類似念話的方式回答我。不論從哪方面說，都很像狼會有的措辭。

將打掃被男人們弄亂的店面及看店的工作交給新人店員們之後，我回到後院。

就當我正在進行暫時中斷的工作時，男人們回到類似基地的地方爭吵起來。

『雖然回到了這裡，這樣真的好嗎？』

『對啊。明明叫我們在吉格克老大的組織成員去救他們之前，要一直騷擾他們。』

『老子知道！沒想到看店的小鬼居然強到那種程度！』

由於出現人名，我地圖搜索了一下，得知那個人是位在後街、約有三十名左右成員的反社會組織老大。

透過地圖搜索，我發現其中一名成員就在勇者屋附近。從光點的行動看來，那個人在進入勇者屋做出困惑的舉動後隨即跑出店裡，沿著道路快步離開了。從移動方向看來，應該打算返回組織的據點吧。

原來如此。打算自導自演賣人情，結果失敗了嗎？

『大哥，我們接下來會怎麼樣啊？』

『無論如何都要完成工作！你也想讓老婆孩子吃飽飯吧！』

『話是這麼說沒錯啦～可是那傢伙強得不得了，而且還有一隻魄力驚人的小狗。』

『給我拿出幹勁來！你不是說過想讓孩子們穿像樣的衣服嗎！』

『假如有工作，像這種找碴的事……』

『這也是沒辦法的事吧！我們幾個連冒險者都當不了。』

『畢竟第一天就受了重傷，差點死掉啊……』

他們似乎是落魄的冒險者。

等勇者屋有了自己的工廠，我也想把這種原本是冒險者的人當成僱用對象，藉此減少遭到利用而去犯罪的人。

因為剛剛的組織成員差不多也該抵達據點了，於是我將「眺望」和「遠耳」的目標變更為名叫吉格克的人物。

『老大，「沒毛的」回來了。』

『已經結束了嗎？』

『沒有，看來是失敗了。』

『果然「沒毛的」就是「沒毛的」。難得我派他出去，真是個無能的傢伙。』

剛剛來店裡的，似乎是人族的組織成員。

那個人立刻就被帶了過來。他雖然一副暖男風格的打扮，長得並不算特別帥。

『老、老大！請等一下！勇者屋裡沒有發生任何騷動！』

『你說什麼？布布伊那混蛋竟然敢偷懶——喂！』

『是。』

在一旁等候的其中一個人離開據點，不知道去了哪裡。

大概是去抓捕剛剛引起騷動的那三個人吧。

『你們幾個，在布布伊那混蛋來到這裡之前，去另一邊等著。』

吉格克老大讓親信以外的其他成員離開房間。

『其他的土地收購已經在進行了嗎？』

『是的。那些就算被威脅也不肯點頭的傢伙，即使僱用落魄冒險者進行綁架，也會讓他們簽名。』

原來附近發生了這種事嗎？

雖然會打招呼，由於從來沒有聊過天，所以我完全不知道。

不對，我們來到勇者屋時，隔壁的房子都是空屋，而且路上的居民也很少。或許土地收購從很久以前就已經開始了吧。

『這樣啊。因為哥爾哥爾商會催個不停啊。』

——哥爾哥爾商會？

這個名字好像在哪裡聽過——對了，是挖走勇者屋馬人鍊金術師的商會。

該不會，那次挖角也是土地收購的一環吧？

『畢竟面對有許多冒險者常客的勇者屋，用蠻力解決可不划算。』

『跟以前冷冷清清的時候不同，現在好像就連銀虎級和金獅子級的冒險者，都成了那裡的常客。』

『真是的，都怪那些叫什麼潘達拉的傢伙們接替了馬混蛋的工作，事情變得麻煩了。』是在說我們嗎？

『大魔女的弟子似乎也會去那裡露臉，還是謹慎一點吧。』

『沒辦法，畢竟要是高級冒險者攻進來，我們還來不及抵抗就會被幹掉嘛。』

『那些傢伙都是怪物，跟他們正面交戰是下策。』

『是啊。畢竟約好土地收購結束後建立的歡樂街，會由我們暗地裡進行掌管，謹慎些進行吧。』

『是，老大。』

原來如此。收購土地是為了這個啊？

我已經用「錄影」和「錄音」魔法將至今為止的對話內容記錄下來，等之後拿到哥爾哥爾商會那邊的證據就交給緹雅小姐吧。畢竟如果是為了蘿蘿，她應該很樂意貢獻心力才對。

那件事之後又過了兩天。

前陣子的三人組在那之後又來騷擾了五次左右，但立刻就被我給請了回去，因此反社會組織的企圖沒有任何進展。

那三人組似乎不適合扮演壞人。他們甚至會在打算把小玉製作且被放在勇者屋入口的紀念碑踢飛，因為中途猶豫而跌一跤。要是弄壞了，他們肯定會吃不完兜著走，所以他們運氣或許挺好的也說不定。

「好久沒跟佐藤先生一起出來買東西了。」

「畢竟最近跑腿的工作，大多都會交給新人啊。」

今天我跟蘿蘿一起來到市場購物。

店裡不僅有費恩保護，還有護衛用的魔巨人們。只要對方沒有拔劍或是試圖傷害店員，那些魔巨人就不會動，因此目前暫時沒有機會出場。

「『沒毛的』少在這裡到處亂晃。」

當我思考這些事情時，突然被一名看似冒險者的虎人纏上。

「喂，那傢伙在找少爺麻煩耶。」

「他是白痴嗎？」

「應該是外地人吧。要不要賭哪邊會贏啊？」

「這樣賭不了吧？」

我的順風耳技能聽見四周的冒險者和市場人們小聲說的話。

找我麻煩的虎人似乎也聽到這些話，他先是裝出有些在意的態度，接下來伸手朝我抓了過來。

——察覺危機。

反應並非來自前方的虎人，而是蘿蘿的背後。

我抓住虎人伸出的手臂，同時回頭跟蘿蘿交換位置，將她護在身後。接著將虎人砸向扮成老婆婆且打算使用麻痺毒的鼠人。

鼠人身後有個手持巨大麻布袋的犬人，則肯定是要負責綁架身體麻痺的蘿蘿吧。

雖然犬人馬上就打算逃走，周圍的人立刻展開行動將他綁了起來。

「居然想綁架小蘿蘿，真是個不怕死的傢伙。」

「說得沒錯。而且還是在少爺面前動手，令人傻眼到有點同情啊。」

我接過犯人並向伸出援手的人們道謝，用攤販給我的繩子將他們綁起來。

總覺得在不知不覺間，對我們和蘿蘿抱持友善態度的人變多了。

因為剛好有巡邏的衛兵經過，我借助詐術技能告訴衛兵：「我在吉格克的地盤見過這些人。」畢竟吉格克的部下也在遠處觀望剛剛那場騷動，我認為應該沒有冤枉他們。

◆

「蘿蘿！妳沒事吧！」

當天晚上，緹雅小姐衝進店裡。

她似乎聽說了早上的騷動。

「晚安，緹雅小姐。我沒事，佐藤先生保護了我。」

「這樣啊，太好了。我還在想要是妳出了意外，該怎麼辦才好。」

因為緹雅小姐感覺上有些憔悴，我倒了一杯平時的營養飲料給她。

她接過杯子之後，毫不猶豫地一口氣喝了下去。

「不過，怎麼會被盯上呢？」

「哥爾哥爾商會似乎企圖買下這附近的所有土地，因此作為騷擾的一環，才會被受到他們委託的吉格克家族襲擊。」

「哥爾哥爾商會？就是把賽柯挖走的商會吧——有證據嗎？」

「很遺憾，並沒有。雖然我偷聽到吉格克說他們接受了委託，要是哥爾哥爾商會打死不承認，事情就到此為止了。」

「說得也是呢。既然如此——」

緹雅小姐露出微笑，眼中閃爍凶狠的光芒。

「——那就製造出讓他們百口莫辯的證據就行了。」

總覺得緹雅小姐講了很可怕的事。

「莉米。」

「——是。」

當緹雅小姐喊了某個人的名字之後，一名穿著跟緹雅小姐相同服裝的女性瞬間冒了出來。她是大魔女阿卡緹雅的首席弟子，擁有短距離轉移這項先天性技能。

「去消滅吉格克家族，記得只能讓吉格克逃走。直到他逃進哥爾哥爾商會之前，要不斷發動攻擊喔？」

「明白了。」

聽完作戰計畫之後，莉米小姐立刻離開現場。

「這樣就行了。明天早上之前會拿到證據，你們今晚就好好休息吧。」

「緹、緹雅小姐？」

緹雅小姐像是要蒙混過去似的摸了摸正感到困惑的蘿蘿的頭，接著離開了勇者屋。

一群看似她派來的護衛正監視著勇者屋的周圍。這麼一來，就算吉格克家族打算襲擊勇者屋也會被阻止吧。

「佐藤先生，該怎麼辦才好？」

「不要緊，剩下的事就交給緹雅小姐處理吧。」

我這麼說，抱起在腳邊打盹的倉鼠孩子們帶進蘿蘿她們的寢室裡。

那麼，今晚就一邊做著有興趣的工作，一邊觀賞吉格克家族和哥爾哥爾商會的毀滅吧。

『老大！有襲擊！』

當天半夜，緹雅小姐派出的部隊開始鎮壓。

『可惡！是哪裡來的傢伙啊！』

『不知道。這些傢伙每個都是高手，老大請快點從密道逃走吧。』

『該死！是金獅子！那傢伙是金獅子級的冒險者！』

鎮壓部隊的冒險者們迅速解決了抵抗的組織成員。

我久違地再次認識到這個世界的人命有多麼不值錢。

『為什麼會出現這麼高級的冒險者！』

『因為你們對不該出手的地方伸出魔爪了啊。』

希望你們別把蘿蘿當成禁止接觸對象。

因為看著血淋淋的鎮壓現場很傷神，我將視線轉移到逃跑的吉格克身上。

『老大，我們要逃去哪裡？』

『外牆邊的藏匿處。』

吉格克一行人穿過小巷子抵達目的地，但那裡早已被其他鎮壓部隊占領了。

『可惡！這裡也是嗎！』

『他們在那裡！快追！』

『不妙，這裡交給我，老大你快逃去女人那裡。』

『知道了。別死了啊！』

吉格克將跟隨自己的手下留在原地，獨自一人逃走。

『米達蜜，是我。快開門。』

『老爺，請你快逃。這裡被他們——』

『有誰在那裡嗎？找到了！是吉格克！』

就連情婦的住處也有追兵，被逼到絕境的吉格克躲進小巷子裡的垃圾堆裡逃走。

『事到如今，只能拜託哥爾哥爾商會讓我躲起來了。』

事情似乎正依照緹雅小姐的預料發展。

吉格克留意身後在巷子裡穿梭，甩開追兵抵達哥爾哥爾商會的後門。

當然，緹雅小姐的部下們只是假裝被甩掉，躲在遠處監視著他。

『是我，吉格克。幫我通知哥爾哥爾老闆。』

後門圍牆的佣人在聽見吉格克說的話之後，暫時離開把代理人叫了過來。

『老爺很忙，不會跟你這種來路不明的傢伙見面。』

果然被拋棄了嗎？

『這樣好嗎？你以為我會老老實實地被拋棄嗎？我手邊可是有不少哥爾哥爾讓我們做事的證據。要是敢對我見死不救，我也會拖哥爾哥爾一起下水。』

『……你等一下。』

代理人以暗殺者一般的冷酷嗓音這麼說完，便前去哥爾哥爾身邊進行確認。

我將眺望和遠耳的焦點從吉格克轉移到代理人身上。

『會長，吉格克他——』

代理人將剛剛的事告訴哥爾哥爾。

『我不需要會咬主人的狗。把老師叫去倉庫，在那裡收拾掉吉格克。』

哥爾哥爾和女祕書一同前往倉庫。過了一會兒，吉格克在代理人的帶領下也來到這裡。

『——老爺。』

『看來你好像失敗了呢，吉格克。』

『抱歉，沒想到只是想綁架勇者屋的老闆，居然會引來這麼多人。不過，下次一定會成功。接下來就趁他們不注意——』

『不必了。』

『——咦？』

『你已經失去用途了。接下來的土地收購，我會交給其他家族處理。』

『你打算捨棄我嗎！為了執行你交代的土地收購，我可是殺了很多人耶？』

『那又如何？賤民無論死了多少，都跟我無關。等歡樂街建好之後，我會在角落設個沒名字的墓碑供奉他們。』

真是個不得了的惡人。

『別以為我會白白被人幹掉！』

吉格克拔出腰間的短劍襲向哥爾哥爾，但他的短劍轉瞬間就被倉庫的落魄劍士冒險者彈開，失去攻擊能力。這個人就是「老師」吧。

『你已經沒用了。老師，接下來拜託你了。』

老師沉默地點了點頭，將反手握著的劍對準吉格克的背高高舉起。

『——到此為止了！』

似曾相似的聲音響起，同時腳下冒出用土製成的荊棘綁住在場的所有人。

老師雖然躲開第一招，卻沒能將追到身邊的土製荊棘全數砍斷，還是被綁了起來。

『妳是緹雅！大魔女大人的弟子為什麼要抓善良的市民！』

『還真是厚臉皮呢。』

哎呀，沒想到緹雅小姐會親自上陣。

我還以為一定會交給其他弟子呢。

『你們的陰謀全部被我聽見了。哥爾哥爾商會將會解散且沒收財產，你們所有人都會在廣場上公開處刑。涉及惡行的商會成員將依照罪行的嚴重程度來決定懲罰。』

『為什麼！我只是命令他收購土地而已，直接做壞事的人是在那邊的吉格克！』

『你是笨蛋嗎？教唆他人做壞事，等同於自己做了壞事。』

『證據呢？哪裡有我教唆他人的證據！』

『我聽見了，這就是證據。』

『怎麼可以！從沒聽過這麼蠻橫的事！我要跟大魔女大人告狀！』

『——告狀？你以為自己在跟誰說話？』

緹雅小姐用在勇者屋絕對不會展現出來的冷酷眼神俯瞰哥爾哥爾。

『難、難道說妳——您就是！』

看來哥爾哥爾似乎發現緹雅小姐的真實身分。

『閒聊就到此為止了——把他們帶走。』

緹雅小姐的部下不知何時來到倉庫，將哥爾哥爾他們帶走。

『這下事情就搞定了呢～』

緹雅小姐朝**我的方向**拋了個媚眼。

看來她早就發現我在偷窺了。

真不愧是大魔女大人。

◆

「——請、請問……事情為什麼會變成這樣呢？」

「聽說是用來代替賠償費。」

解散之後，哥爾哥爾商會的商店和工廠，全都被勇者屋接手了。

其中也包含他們收購的土地。雖然有些還給想要拿回土地的人，已經開始新生活的人則希望能拿到等值的金錢，因此這些多餘的土地所有權都流到了勇者屋手上。

在形式上，由勇者屋買下那些被拿去公開拍賣的商店、工廠和倉庫。拍賣所需的資金，則是我出借的。我實在沒有那麼多銅幣，於是用堆放在儲倉中的銅鑄塊支付。

『像這種大規模交易的時候，真的很麻煩耶。為什麼要塞都市只能用銅幣呢？』

『因為無法穩定獲得銅以外的金屬啊。』

緹雅小姐對交易時亞里沙發的牢騷起了反應，並將答案告訴我們。

似乎是因為樹海迷宮存在會掉落高純度銅礦石的魔物，以及要塞都市擁有古代的造幣系統，所以才會將銅幣作為貨幣來運用。

據說那個造幣系統啟動的成本相當驚人；取而代之的是，只要啟動一次就能製作出非常大量的銅幣。因此考慮到效率，才會限制只用銅幣交易。而且，如果從國外取得貨幣，從執政者的角度來看會有很多事情不方便。

「這樣不是很好嗎，蘿蘿小姐？」

「就～是說啊。這下規模應該大到能跟上上代相提並論了吧？」

正如露露和亞里沙所說，沒想到勇者屋真的依照蘿蘿的希望擴大了規模。

當然，光靠老闆和四名店員不可能應付得了這種規模，就算借助夥伴們的力量也忙不過來，因此暫時透過緹雅小姐的介紹從商業公會借用人才的形式來設法維持經營。

「佐藤先生，從今天起請多指教。」

「我會把員工宿舍的門打開，隨時都可以來夜襲喔——我等你。」

雖然緊急暫時錄用了上次面試被刷掉的孩子們，或許有點太隨便了也說不定。

「蘿蘿在嗎～？」

當我在跟追加的店員打招呼時，緹雅小姐用平時的語氣走進店裡。

今天她後面還跟了幾個人。

「難不成他們是拜託您找的人員嗎？」

「沒錯，蘿蘿她——」

「路吉布先生！連多佩利先生也在！」

來到店門口的蘿蘿在見到緹雅小姐身後的老人們之後，高興地叫了出來。

我對他們的名字有印象，記得應該是跟上上代——蘿蘿的奶奶交情不錯的工廠老闆和工房主人。

「曾經那麼嬌小的小蘿蘿已經長這麼大了啊。」

「混帳東西，她今後可是我們的雇主，不該叫她小蘿蘿，而是蘿蘿老闆才對！」

「說得也是。不小心就懷念起過去了。」

兩人和蘿蘿開始聊起往事。

「那個，差不多也該介紹我們了——」

「對喔，說得也是。蘿蘿老闆，曾經從妳母親那裡辭職回老家的總管特邦也在喔，而且還帶著老婆。」

原本擔任工廠老闆的路吉布老先生將站在身後的中年地精和幼女推到前面，那位看起來像幼女的是棕精靈這種家庭妖精。雖然我用中年地精來形容特邦先生的外表，實際上他的年紀比兩位老人還要大。

「好久不見了，蘿蘿小姐。」

「特邦叔叔！哇——！是叔叔耶！」

蘿蘿用孩子般的語氣說著，高興地跳來跳去。

「這位是我的妻子，亞艾琪琪。」

「——妻、妻子？您是說這個孩子嗎？」

見到外表像個幼女的棕精靈，蘿蘿發出驚訝的聲音。

「初次見面，蘿蘿老闆。別看我這樣，我的年紀已經超過成年年齡了，請您放心。」

亞艾琪琪小姐對被自己外表嚇到的蘿蘿這麼補充說明。另外，從她的實際年紀看來，用「已經超過成年年齡」來形容其實很保守，但由於沒有必要刻意說出來，於是我閉上了嘴。

「因為我以前曾經在布萊赫伊姆的商會處理過會計事務，我想應該能稍微幫上忙。」

「布萊赫伊姆是特邦的故鄉吧？是犯了什麼錯被趕出來了嗎？」

「不是的，是我那對頑固的父母不肯認同我和亞艾琪琪的關係，我們才會跑出來。」

「什麼嘛，一把年紀了竟然還私奔。」

「請不要管我。」

被老朋友捉弄的地精發出鬧彆扭的聲音。

如果我的記憶沒錯，地精和棕精靈之間應該沒辦法生小孩，所以思想保守的地精村落才沒辦法接納這段婚姻。由於這個世界的人命可說是轉瞬即逝，比起現代日本，在這方面比較嚴格也說不定。

「放心吧，我已經調查過這四個人的背景了。他們跟蘿蘿的奶奶和媽媽的關係似乎也很不錯，我想應該沒問題。多佩利的人脈也很廣，工匠方面的事情可以交給他來處理。」

「謝謝妳，緹雅小姐。」

而且照目前看來，他們和蘿蘿的關係也很好。

特邦先生代替我接任支援蘿蘿的總管一職，亞艾琪琪小姐代替亞里沙負責會計工作，工廠交給路吉布老先生，還有擁有許多工匠人脈的多佩利老先生。他們四人應該能夠以蘿蘿為首，建構出勇者屋的新體制吧。

「佐藤先生，總覺得多了很多人耶。」

「是啊。穗羽妳們要以學姊的身分好好指導新來的店員喔。」

向緊張的穗羽這麼說完，我在蘿蘿的介紹下和新幹部們開始交流。

我和已經習慣工作的穗羽等三人一同教育新來的店員，又得到以特邦先生為首的核心成員奮不顧身的幫助，勇者屋的新體制以就算我和夥伴們不在也能運作為目標開始起步。

於是，自從推行新體制之後過了半個月，現在勇者屋已經有了很大程度的發展。

雖然緹雅小姐提供全面性的幫助也是一大原因，還是多虧抱著社福事業的打算而大量聘進工廠的貧民中有許多能力優秀的人才，事業才得到了急速的拓展。不僅新店舖完工、賣場面積變大，在外門附近還開設了小規模的勇者屋二號店和三號店。

……嗯，或許我有些做過頭了。

雖說拓展事業是在蘿蘿的意願下開始進行，由於發展過於迅速，甚至讓蘿蘿逃避現實好幾次。

目前蘿蘿也漸漸開始習慣，在管理大量增加的店員方面也越來越有模有樣了。

她早已不需要夥伴們的協助，由我負責的業務也大多都交接完畢。

——時候差不多了吧？

為了讓蘿蘿獨立，我暫時離開店裡或許比較好。

要是我在身邊，比起新幹部們，蘿蘿會更加傾向於依靠我。

雖然跑一趟希嘉王國也不錯，畢竟機會難得，就跟夥伴們一起攻略接下來預計要前往的「城堡」吧？

攻略「城堡」！

「我是佐藤。網路遊戲大多都有先驅者，因此只要查詢攻略網站就能得到大多情況的攻略方法。不過，在最前線戰鬥的人必須靠自己找出方法才行。」

「嘿～喲！」

波奇身穿黃金鎧且披著黃色斗篷，朝著有十幾隻牛型魔物陶洛斯的團體衝了過去。

她使出與她嬌小身材不相符的豪爽劍技，接二連三地砍斷陶洛斯們的腳踝，使牠們動彈不得。

就連在樹海迷宮中算是最強種族的陶洛斯，在波奇的剛劍面前也如同等待倒下的枯木。

「溜溜！趁現在喲！」

——ＬＹＵＲＹＵ。

跟著飛在波奇身邊的白色幼龍溜溜伴隨著閃光吐出雷射一般纖細的氣息，一個接著一個地掃過動彈不得的陶洛斯們的頭。

就算只是一隻加上尾巴身長也不足一公尺的幼龍，「龍之氣息」的威力依然驚人，被氣息掃過的陶洛斯們頭部化為焦炭，崩毀散落一地。

多虧具有與等級不符的高攻擊力，溜溜的等級提升得很順利。雖然牠升級需要的經驗值似乎是獸娘們的好幾倍，由於目前的等級差距還很大，因此不成問題。

「喵～美味被～」

說著這種話的，是身穿黃金鎧且披著粉紅色斗篷的小玉。

她大概是對陶洛斯的眼睛被燒掉感到難過吧。她與貓耳連動的頭部鎧甲耳朵部分垂了下來，表情十分悲傷地盯著陶洛斯的屍體看。

「要是繼續消沉下去，其他陶洛斯也會變成焦炭喔。」

莉薩鼓勵小玉。

儘管語氣十分嚴厲，莉薩依然像是在激勵小玉，用包覆在鎧甲底下的尾巴輕推她的背。

「系，小玉會加油。」

可以看見小玉鑽進腳下的影子，出現在波奇她們交戰中的主戰場另一端。

「忍忍～？」

繞到陶洛斯背後的小玉在一瞬之間砍下第一隻陶洛斯的頭，用腳底下伸出的影子將轉過身來的陶洛斯們綁住，以迅雷不及掩耳的速度一個接著一個地砍掉其他陶洛斯的腦袋。

陶洛斯的屍體就這麼被其腳下的影子吞沒、消失，這些全都是能操縱影子的忍者——小玉的忍術。之所以把屍體拖進影子裡，肯定是為了防止屍體被溜溜的龍之氣息蹂躪。

「啊～！波奇和溜溜的獵物被搶走了喲！」

——LYU？

「溜溜！要跟小玉比賽了喲！」

——LYURYU。

為了不輸給小玉，波奇和溜溜也加快殲滅的速度。

「小不點們真是努力耶～沒有我們出場的份了。」

「嗯，很有精神。」

亞里沙用一副高高在上的態度評論，蜜雅則用年長者一般的語氣點了點頭。

「莉薩小姐和娜娜小姐不去爭奪獵物沒關係嗎？」

露露一邊這麼提問，一邊在波奇和小玉快要被包圍時，用精密的射擊支援她們。

「是的，露露。弱小的對手無法發揮肉盾的本領，我這麼告知道。」

娜娜將大盾前端插在地上，同時點了點頭。

「娜娜，兩點鐘方向有三隻冠軍喔！」

「好的，亞里沙。開始戰鬥行動。」

「主人，我也前去迎擊。」

娜娜和莉薩前去迎擊從堡壘後方衝出來的強敵——陶洛斯冠軍。

「抵抗比我們想像得還少呢。」

「應該只是我們變強了吧？」

距離死靈術士贊札桑薩率領的不死族軍團襲擊要塞都市的事件發生之後，已經過了半個月以上的時間。由於當時在面對上級魔族時陷入了苦戰，在那之後夥伴們就非常努力地提升等級。

「不能自負。」

「就說知道了啦～我不會大意。」

夥伴們已經幾乎把目前所在的「城堡」附近為首的樹海迷宮的難關攻略完畢，準備挑戰城堡內部當作最後的收尾。

雖然這裡是被要塞都市阿卡緹雅的冒險者們嚴格禁止接觸的地方，我們使用的是藉由亞里沙的空間魔法直接轉移到內部展開攻略的禁招。

「主人，陶洛斯們有衝出『城堡』的跡象嗎？」

「不用擔心喔。不只是城門，我在城牆的外側也設置了厚重且高到無法跨越的土牆，還用魔法補強到無法挖開的程度。」

那不光是我的魔法，還得到蜜雅操縱的土的擬似精靈格諾莫絲的幫助，所以萬無一失。

「只要**做好準備**就很開心吧。」

「這裡該說『不必擔心』才對吧？」

「也可以這樣說啦～」

亞里沙一邊閒聊，一邊用空間魔法「隔絕壁」和「次元斬」不停支援夥伴們。

「唔，魔法使。」

娜娜似乎遭到了魔法攻擊。

當然，因為她使用了從勇者和劍聖那裡學來的斬斷魔法砍掉它們，才沒有受到傷害。

「魔法和飛行道具對我沒用，我這麼告知道。」

我對帥氣地這麼說的娜娜輕輕獻上掌聲。

雖然她非常輕鬆地實踐了，應該需要相當的訣竅吧。

「牠們躲在無法狙擊的地方呢。」

「交給我。格諾莫斯。」

接到命令之後，土的擬似精靈前去殲滅躲在遮蔽物陰影處的陶洛斯魔法使。

「發現弓箭手了！瞄準射擊！」

露露用輝焰槍狙擊從遠處閣樓稍微探出頭來的陶洛斯弓箭手。

能夠用中距離取向的輝焰槍進行狙擊，真不愧是狙擊手露露。

「娜娜，小心點！由隊長率領的精銳部隊要從裡面出來了！部隊當中還有砲兵，不要大意了！」

「是的，亞里沙。發動堡壘防禦必要的充填已經完成，我這麼告知道。」

這裡是樹海迷宮中也屬於最難關的「城堡」深處，是陶洛斯城的內部，因此接連不斷有陶洛斯襲擊過來。

娜娜用黃金鎧的堡壘防禦機能擋下砲兵發射的腐蝕散彈；莉薩在牠們停止攻擊的瞬間帶著紅光衝上去，用魔槍多瑪蹂躪陶洛斯的精銳們。

「因為今天主人久違地來觀戰的關係，大家都很有幹勁呢。」

「呵呵呵。雖然亞里沙妳這麼說，妳使用攻擊魔法的頻率不也比平時還要多嗎？」

露露面帶微笑地戳破假裝從容的亞里沙。

「這、這是那個啦！因為大家不必指揮就做好自己該做的行動，我才有空能使用攻擊魔法啦！」

「只有今天？」

「——唔唔。」

露露面帶微笑地看著說不出話的亞里沙。

她們姊妹的感情還是一樣好。

「主人，看你最近好像忙得要命，離開勇者屋沒關係嗎？」

「沒問題喔。事業剛拓展的時候雖然忙了一陣子，現在人員已經得到補強，身為老闆的蘿蘿也習慣把事情交給其他人了。」

而且這次也算是在嘗試促使蘿蘿獨立。

我期待蘿蘿趁這個機會與新幹部們增進感情，讓勇者屋的新體制變得堅若磐石。

「突入結束～？」

「守門的護衛也全部解決了喲！」

哦，在我們閒聊的時候，夥伴們似乎已經開始朝陶洛斯城的中央展開突擊了。

「溜溜也做得很好喲！」

——ＬＹＵ……ＲＹＵ。

「溜溜？」

降落在波奇頭上的幼龍溜溜低垂著頭，就這麼鑽進了在波奇胸前搖晃的祕寶（古代遺物）「龍眠搖籃」裡。

「睡著了～？」

「愛睡覺的孩子長得快喲！」

畢竟溜溜才出生沒多久，看來累到睡著了。

波奇溫柔地撫摸龍眠搖籃的吊墜，像個母親一般說：「接下來就交給波奇我們，好好睡一覺喲。」

「大家，聽好了！前面有大量強敵擠在一起——因為牠們是牛（註：擠在一起的日文「犇めいている」的漢字有很多牛，這是一句日文漢字冷笑話）！」

亞里沙說出奇怪的冷笑話，讓夥伴們感到很困惑。

不認識漢字的人聽不懂用「犇」和「牛」講出來的冷笑話吧。

「好、好了！要更加打起精神喔！」

亞里沙咳了一聲化解尷尬，夥伴們重新打起精神在斥候小玉的帶領下前進。

由陶洛斯領主率領的精銳陶洛斯上位種——陶洛斯騎士、陶洛斯巫師、陶洛斯神官和陶洛斯隊長接二連三地冒了出來，但夥伴們並未陷入苦戰，輕鬆地將牠們一一解決。

「螺旋槍擊．雪崩——」

莉薩使出將必殺技螺旋槍擊當成一般攻擊的招式，連發擊破陶洛斯王家守衛，來到陶洛斯國王等待的謁見大廳。

「最裡面那個金色的就是頭目吧！」

謁見大廳除了坐在王座上的巨大陶洛斯國王之外，還擠滿了一百隻左右至今見過的陶洛斯上位種。其中包含了攻擊特化的陶洛斯處刑人和陶洛斯復仇者，防禦特化的陶洛斯王家守衛和陶洛斯聖騎士。

或許是已經施展了支援魔法和支援技能，每個個體都增強非常多。

「沒有公主跟皇后啊——是帶著孩子回老家去了嗎？」

就連語帶輕佻的亞里沙在這種強敵環伺的情況下，似乎也緊張起來。

「可是，在魔法使面前站得這麼密集，還真是笨耶。」

——BZUUMZOOOO。

在亞里沙舉起法杖的同時，陶洛斯國王揮下釘錘般的權杖。

陶洛斯們如同雪崩般朝我們衝了過來。

「接招吧——暴刃空滅！」

亞里沙將法杖往前一揮，施放出上級空間魔法。

下個瞬間，空間斷層在謁見大廳裡胡亂飄舞。

陶洛斯們被比單分子纖維還要纖細的二次元空間斷層切成粉碎。

「哈哈——！就連骰子牛前輩也嚇得臉色發青呢！」

「血腥～？」

「感覺非常痛喲。」

小玉和波奇在高聲大笑的亞里沙旁邊用雙手按住頭盔的帽緣。

「不可大意。」

「是的，亞里沙。還有一部分敵人存活，我這麼告知道。」

如同蜜雅和娜娜所說，以國王為首的最上位陶洛斯透過某種祕寶在亞里沙的魔法中存活了下來。那大概是替身系的祕寶吧。

「迦樓羅——天嵐。」

蜜雅這麼說完，原本以透明化隱藏身形的擬似精靈迦樓羅展現他金黃色的模樣，發動類似祕奧義的「天嵐」，將謁見大廳連同牆壁和天花板一起切成粉末。

因為祕奧義用光魔力的迦樓羅在空中如同融化般消失身影。

雖然陶洛斯們看似全軍覆沒，似乎還有幾隻藉由與逃離亞里沙空間魔法相同的方式存活了下來。

「唔。」

「吃了迦樓羅的『天嵐』居然還能活下來，挺頑強的嘛。」

「可是，看來並非毫髮無傷。」

國王渾身是血，領主和聖騎士之類的傢伙也受到瀕死的重傷。王家守衛則大概還勉強活著吧？

——ＢＺＵＵＭＺＯＯＯＯ。

國王發出咆哮將權杖用力往地上一敲，毫髮無傷的陶洛斯部隊像是使用空間魔法般冒了出來。牠大概使用了國王具有的召喚眷屬技能，將在城外巡邏的陶洛斯隊長和陶洛斯領隊叫了回來吧。

「真不愧是國王呢。接下來就交給莉薩小姐妳們了。」

「好的，交給我們吧。波奇和小玉跟在我身後殺出一條路，娜娜就保護後衛。」

「忍忍～」

「了解喲！雖然溜溜在睡覺，波奇會連溜溜的份一起努力喔！」

「好的，莉薩。」

夥伴們似乎決定要大家一起爭取最後的勝利。

——ＢＺＵＵＭＺＯＯＯＯ。

「我上了！」

莉薩的宣言和國王的咆哮聲重疊在一起。

面對同時開始進軍的陶洛斯軍團，莉薩的眼神閃動著猙獰的光芒。

「瞬動——螺旋槍擊・貫！」

莉薩在面前創造出深紅色的魔刃漩渦，維持瞬動的勢頭朝中央衝了進去。

陶洛斯們就像被卡車撞飛的轉生者一樣，不費吹灰之力地被打飛出去。

「居合拔刀——魔刃旋風喲！」

波奇宛如小型颱風一般，用刀刃的旋風在莉薩殺出的直線道路上展開蹂躪。

縱然陶洛斯們試圖逃離波奇的剛劍，卻受到纏在腳踝上的黑色影子阻止。

「忍法——影縛。」

「惡即斬斬喲！」

波奇拿著能透過魔力改變長度、拖曳著藍色光芒的聖劍，將因為小玉的忍術而無法動彈的陶洛斯們一刀兩斷。

陶洛斯暗殺者從陶洛斯被一分為二的上半身陰影處現身，從死角攻向波奇的背後。

『休想得逞喔～？』

小玉扔出苦無擋下了暗殺者的凶器，藉由風遁之術將暗殺者吹到空中。

「嘿！」

露露射穿毫無防備飛在空中的暗殺者額頭。

「好支援～」

小玉用力朝露露揮手，再度消失在腳下的影子裡。

「後面已經用『迷宮』堵住，娜娜也可以上前線了。」

「嗯，格諾莫絲。」

接到蜜雅的指示，土的擬似精靈格諾莫絲構築堅固的陣地。

「開始衝鋒，我這麼告知道。」

娜娜啟動背後的噴射器，用比以往更加快速的瞬動朝著國王衝了過去。

國王的隨侍早已被獸娘們解決，遺漏的陶洛斯軍團也被亞里沙和露露一個不剩地全數收拾掉。

——BZUUMZOOO。

國王發出咆哮，身上頓時纏繞著與魔王「黃金豬王」相仿的多重障壁鎧甲，權杖也冒出了紅黑色的氣息。看來陶洛斯到了六十級，就會學到各式各樣的招式。

「螺旋槍擊——連續！」

莉薩用多段型的螺旋槍擊攻向停下腳步的國王，然而其中有幾段遭到國王的權杖彈開，剩下的攻擊也只是削開多重障壁就結束了。

「防禦比想像得更結實呢——沒辦法了，」

莉薩後退一步，將魔槍多瑪收回黃金鎧的收納空間。

或許覺得這是破綻，國王將纏繞紅黑色氣息的權杖像棍棒一樣朝莉薩揮去，卻被小玉的影縛和露露的狙擊抵擋了下來。

「腳下有空隙喲！」

波奇看準國王的阿基里斯腱擺出居合斬的架式。

——BZUMZO。

國王叫了一聲，腳步用力一踏，像是要保護雙腳般創造出厚重的鐵壁。

「唉呀喲！」

波奇的聖劍發出「喀啦——」的聲響從鐵壁上滑過。

那大概不是普通的鐵。如果是，無論多厚，波奇都能一擊斬斷。

國王朝波奇的背後揮下權杖。

「方陣～」

小玉從影子中現身，用拋棄式的防禦盾「方陣」擋下國王的一擊。

「盾擊再加上『魔刃崩砦』，我這麼告知道。」

藉由噴射器加速的娜娜用大盾撞擊國王揮出權杖的手腕和肩膀，同時使用必殺技砸碎牠的多重障壁。

「還沒。」

「是的，蜜雅。『魔刃碎壁』連發，我這麼告知道！」

接著娜娜不斷使用必殺技，進一步擴大多重障壁上的裂痕。

「交給我～？魔刃雙牙～」

小玉扭動身體鑽進娜娜創造的空隙，用雙劍使出必殺技從內部咬破障壁。

在兩人的必殺技合作之下，國王的多重障壁如同玻璃般粉碎了。

——ＢＺＵＵＭＺＯＯＯ。

「休想得逞！」

國王發出咆哮試圖再生多重障壁，但露露用輝焰槍射穿成為障壁基點的位置阻止了牠。

「漂亮，露露！」

亞里沙大聲稱讚，同時用火魔法燒灼國王的臉部引開牠的注意。

「瞬動——『魔刃穿刺』喲！」

波奇用宛如子彈般的速度刺向國王毫無防備的腹部。

——ＢＺＵＭＺＯＯＯ。

「啊哇哇，拔不出來喲！」

國王用腹肌壓住波奇連同護手一同刺進自己腹部的聖劍，使她無法將劍拔出。

——ＢＺＵＵＭＺＯＯＯ。

接著像是要圍住波奇一般創造出數道多重障壁。

雖然娜娜以重現先前場面的方式一般打碎多重障壁，似乎沒能全數破壞。儘管亞里沙也用空間魔法進行支援，即使如此最後一道障壁依然如同要隔開我們似的，將國王和波奇包裹了起來。

「波奇，危險！」

國王抛下權杖，打算用雙手將波奇打扁。

「總會有辦法～？」

縱然小玉的影縛綁住了國王的手臂，仍舊無法阻止牠已經得到足夠加速度的雙手。

然而，這樣就足夠了。

要說為什麼的話──

「閃光──魔槍龍退擊！」

莉薩藉由超越瞬動領域的速度飛翔刺出的一擊瞬間挖開多重障壁，就這麼貫穿了國王的胸口。

用「能貫穿一切」的龍牙製作長槍尖的龍槍和莉薩必殺技的相乘效果非常驚人。

就算心臟被貫穿，國王的眼裡依舊寄宿著鬥志。

牠將目標換成莉薩，用雙手揮出充滿紅黑氣息的爪擊。

莉薩注視牠的動作，冷靜地詠唱最後的發動句。

「絕技──魔刃爆裂。」

下個瞬間，國王的身軀因為壓力膨脹，由內側飛出的無數魔刃撕裂了牠的身體。

——BZUM——ZOOO。

當寄宿著紅黑色氣息的爪子伸到莉薩眼前時，國王跪倒了下去。

「你很強。」

——BZUMZO。

牠像是在回答莉薩般叫了一聲，帶著滿足的表情逝去了。

「就算是魔物，也有國王的風範呢。」

「嗯，是啊——主人。」

莉薩朝亞里沙點了點頭，接著轉頭看向我。

「雖然這個請求很放肆，請將這些牛的國王——」

「不要當成素材，而是好好地將其安葬嗎？」

「非常抱歉。」

「不必道歉喔，莉薩。」

我用「理力之手」讓國王的屍體坐回王座上，拜託亞里沙用火魔法將其火葬。

大家一起獻上祈禱並準備開始回收戰利品時，小玉開口說：

「找到隱藏通道了～？」

小玉往腳邊的牆壁踢一腳，王座後方的牆壁頓時動了起來，一條通往下方的樓梯便出現在眼前。

「會是什麼在等著我們呢？」

「一定有很多寶物喲！」

「隱藏頭目。」

夥伴們一邊走下隱藏樓梯一邊猜想。

根據地圖情報，這條樓梯通往城堡地底最深處的房間，那裡有等級高達六十六的陶洛斯皇后，因此蜜雅猜得沒錯。

「霧氣～？」

「冒著白色的煙呢。」

「霧的對面有一隻好大的牛喲！」

「用貓熊坐姿坐著的牛，一點都不可愛耶。」

與身高約五公尺的陶洛斯國王不同，陶洛斯皇后具有高度三十公尺左右的巨大身軀。

「畢竟這個房間也不大，還是快點解決牠吧。」

亞里沙這麼說，拍了一下露露的肩膀。

「抱歉，亞里沙。如果房間這麼窄，加速砲的跳彈會很可怕吧？」

「這麼說來的確會發生跳彈呢。用我的火魔法又會把牠整隻燒焦，蜜雅妳來吧？」

「嗯，交給我。■■……」

蜜雅開始詠唱起精靈魔法。

這個詠唱應該是擬似精靈貝西摩斯吧。最後將是怪獸大決戰——似乎不會變成那樣呢。

或許是察覺到了急速上升的魔力，原本好像在睡覺的皇后睜開眼睛看了過來。

——BZUUUMZO。

牠似乎使用了召喚眷屬系的技能，可是由於眷屬都已經被國王召喚完了，因此什麼都沒出現。

「被發現了喲。」

「好像是呢。我們來幫蜜雅爭取詠唱時間吧。」

「系系系～」

獸娘們以莉薩為首衝了出去。

皇后儘管露出疑惑的表情，在見到獸娘們衝向自己之後，便拔出放在結構物裡的六隻手臂，威嚇似的張了開來。

——BZUUUMZO。

「大家，小心點！那傢伙有道具箱喔！」

在亞里沙發出警告的同時，皇后從道具箱裡拿出巨大的武器裝備在六隻手上。

「好大！大家！準備應付攻擊！」

亞里沙說著的同時，皇后開始胡亂揮動武器。

夥伴們待在牠那看似巨大岩石塊或骨塊的武器無法觸及的距離，然而被武器打碎的地板、牆壁的碎片以及散落在地上的大量瓦礫如同散彈般飛來。

縱然這是無法躲避的面狀攻擊，夥伴們並非第一次遇到這種攻擊。

「──隔絕壁！」

「忍法，隱遁之術～」

亞里沙用空間魔法擋下散彈，前衛們趁機躲進小玉用影子創造出的避難所裡。

後衛們也遭到散彈襲擊，但都被露露張設的方陣擋了下來。

煙塵如同布幕般遮住雙方的身影。

──BZUUUMZO。

「……■■　魔獸王創造。」

皇后的咆哮聲和蜜雅的詠唱相互重疊。

「上吧。」

──PUWAOOOOWWNNN！

貝西摩斯發出強力的咆哮聲，朝著煙霧對面的皇后衝了過去。

空氣被攪亂，能從煙塵對面看見皇后障壁被打碎，身體陷入牆壁的身影。

「唔噫～貝西摩斯還真強耶。」

雖然在煙塵的妨礙下看不太清楚，貝西摩斯似乎占了很大的上風。

不久後煙塵散去，終於能清楚看見戰場。

——PUWAOOOOWWNNN！

貝西摩斯將四肢——因為有三對手臂和兩雙腳，應該說是十肢吧——被打碎的皇后踩在腳下，擺出勝利者的模樣。

「貝西摩斯，解決牠。」

——PUWAOOOOWWNNN！

在蜜雅的命令下，貝西摩斯頭上的角纏繞起紫色的電光。

就在牠將角刺向皇后的瞬間——

「消失了？」

皇后的身影突然消失，飄蕩在周圍的灰塵像是受到吸引似的流向皇后原本所在的位置。

「有點像亞里沙進行轉移時的感覺。」

「主人，知道牠上哪兒去了嗎？」

「至少牠不在『城堡』或鄰近的區域裡。」

因為覺得立刻就能解決，所以我沒有替牠加上標誌。

「皇后應該沒有轉移系的技能吧？」

我點頭回應亞里沙的問題。

「從那個情況看來，與其說是皇后自行發動轉移，看起來更像是某人擄走了牠。亞里沙能用空間魔法看出什麼端倪嗎？」

「嗯～感覺並沒有留下能夠追蹤的痕跡呢。」

亞里沙使用空間魔法環顧四周。

「唉呀呀～？」

「已經結束了喲？」

前衛陣容從小玉的影子裡走了出來。

「呼……真虧妳們兩個能一副若無其事的樣子呢。」

「那個空間對演算迴路會造成不良影響，我這麼告知道。」

莉薩和娜娜看起來不太舒服。

小玉的影子與賽恩用影魔法創造的「影之牢獄」屬於同類型的空間，因此不適應的人會有種像是交通工具頭暈之類的感覺。

「──啊，這個……」

亞里沙這麼低喃，抬起頭看著我。

「或許是迷主搞的鬼。」

「迷主──『迷宮之主』嗎！」

詳細詢問之後，現場留下的痕跡似乎與樹海迷宮的空間扭曲十分相似。

原來如此。如果是能在整座迷宮加上空間扭曲的存在，就算能夠自由移動自己支配下的迷宮魔物也並不奇怪。

「不過，沒有方法能夠證明這一點就是了。」

「無所謂。雖然感覺像是對方逃避了戰鬥，贏了就是贏了。」

我這麼說完，夥伴們便發出勝利的吶喊。

◆

「這裡有寶物庫～」

在小玉的引導之下，我們從牆壁的裂縫走進大小和體育館差不多的寶物庫，裡面雜亂地堆放著許多寶物。

除了正統的金銀財寶之外，還得到了跟在賽利維拉的迷宮討伐「樓層之主」時相當程度的魔法物品和魔法藥。

魔法物品大多是武器防具，不過其中大部分是給陶洛斯使用的，人類尺寸的裝備則有九成都受到了詛咒。

無論攻擊力怎麼高，這種會讓人失去理智的道具還是不敢恭維。

我打算在要塞都市出售適度的物品，看似危險的物品則封存在儲倉的封印用資料夾裡。

「主人！我找到卷軸了！」

聽到發現的報告，我用有如瞬間移動般的速度衝了過去。

「謝謝妳，露露。」

我接過卷軸進行確認，好像是「鍍膜」的卷軸。

雖然至今沒有得到過，看來樹海迷宮也會掉落卷軸。

我立刻使用卷軸將它登錄在主選單的魔法欄位上，同時隨便拿了把鐵劍和銀鑄塊試著進行鍍膜。

「做得還挺漂亮的呢。」

這個魔法似乎能隨意改變鍍上的銀量。根據用量不同，鍍膜的厚度也會隨之改變。

是一種用起來還挺順手的魔法。

「這下似乎能量產對付不死族的銀製武器了。」

「要透過越後屋商會販售嗎？」

雖說有上位互換的魔劍，這種銀製武器感覺能夠以更合理的價格出售，我想應該會有市場。畢竟銀製武器據說也能驅魔嘛。

「主人，這個魔法只能用在金屬上嗎？」

「應該是吧。鍍膜不就是指用金屬鍍上一層膜的意思嗎？」

「可以在紙上做塑料塗層嗎？就像薄膜加工那種感覺。」

「能夠用來包膜的——阿魯亞就行了吧。」

我使用凝固後變得和寶石一樣漂亮的阿魯亞樹脂，然後試著對存放的高級紙張進行薄膜加工。

「……成功了。」

鍍膜究竟是……

雖然有點無法接受這個魔法名稱，由於用起來很方便，還是不要深究了吧。

只要使用這個，感覺連無法偽造的會員證都能輕鬆製作出來。

「那麼這個就拜託你啦！幫我加上柔軟的防水包膜！」

亞里沙用滿臉笑容拿出魔王靜香製作的ＢＬ同人誌。

◆

「是潘德拉剛！潘德拉剛他們凱旋歸來了！」

回到要塞都市阿卡緹雅之後，冒險者和市民們發出歡呼迎接我們。

「遊行的準備已經完成嘍。」

金獅子級的冒險者泰格先生這麼對我們說。

「這是泰格先生準備的嗎？」

「是啊！你們在『城堡』裡認真大鬧了一番吧？畢竟那位精靈小姐都沿著城的外牆製造出巨大土牆了嘛。」

原來如此，事前準備被發現了嗎？

真虧他們沒有在攻略開始前阻止我們。

「別管那些小事了，先坐上馬車吧！鎮上的人們已經幫公會馬車做好裝飾了！」

泰格先生手指的位置上，有一輛用迷宮素材裝飾得非常豪華的敞篷馬車。

「哇喔～！感覺真不錯！謝謝你，泰格先生！」

亞里沙豎起大拇指，泰格先生也很配合地回以相同的動作。

「好了，這是英雄的凱旋！音樂隊！舞蹈隊！準備好了嗎？」

「「「是！」」」

穿著類似森巴服裝的男女，拿著似乎發祥自大陸西南方的打擊樂器和管樂器愉快地彈奏音樂，跳著略顯煽情的舞蹈引導遊行馬車。

「小波奇——！看這裡～」

「好喲！波奇在這裡喲！」

「小玉——！有空再來畫圖吧～」

「ＯＫ～」

不曉得是什麼時候打好關係的，波奇和小玉似乎在民眾之間很受歡迎。

這方面其他孩子似乎也一樣——

「娜娜——！說句幼生體來聽聽～」

「蜜雅大人，您今天也好美。」

「露露老師！我待會兒會拿大餐過去喔～」

「黑槍——！下次我一定會贏過妳——！」

「亞里沙——！今天要玩影子捉迷藏！地點在平時的廣場喔！」

擠滿路邊的人們用輕鬆的語氣對我們說。

「少爺——！要跟小蘿蘿過得幸福喔——！」

「少爺——！期待你美味的新產品喔——！」

其中也包含了一些有所誤解的聲援，但我並未特別在意地繼續揮手。

「已經不能說『沒毛的』來看不起他們了啊。」

「說得沒錯。就連那些小孩子都能輕鬆打敗我們呢。」

「也就是說與外表無關，在要塞都市最重要的是實力。」

就連將人族和類似的亞人種稱作「沒毛的」加以歧視的人，似乎也對夥伴們的實力和成就抱持尊重。

「哼！你們這些被拔掉獠牙的家畜混蛋！無論實力多強，『沒毛的』就是『沒毛的』，本大爺絕對不會認同！」

「真是個頑固的傢伙。」

「再說犀人也沒有長毛吧？」

「吵死了！本大爺有這身堅硬的皮！」

「說得沒錯！咱們和皮膚柔軟光滑的『沒毛的』可不一樣！」

犀人和猿人聯手一起對抗反對意見，看來歧視仍舊根深柢固。

不過，這種從漫長歷史中養成的歧視意識雖然沒那麼容易消除，還是比起一成不變要來得好多了。

「哎呀？這不是去勇者屋的方向吧？」

「看來好像正在前往大魔女之塔呢。」

如同亞里沙和莉薩所說，遊行的花道一直延續到大魔女之塔。

勇者屋似乎也得到通知，蘿蘿和倉鼠孩子們也正在冒險者諾娜小姐的帶領下，朝著塔的方向前進。

「潘德拉剛來了！發射禮炮——————！」

隨著老魔法使的叫喊，在塔前廣場待命的魔法使們一同朝天上發射火球。

火球發出「砰砰砰」聲響的同時，爆炸產生的煙霧在空中擴散開來。

雖然以禮炮來說有點危險，要塞都市的人們對此似乎習以為常，圍著廣場的人們發出歡呼聲。

「主人，是大魔女模式的緹雅小姐喔。」

「至少用大魔女阿卡緹雅來稱呼她吧？」

亞里沙說出大魔女隱藏身分行動時的名字，於是我用大魔女本來的姓名加以訂正。

「這麼說來，大魔女大人明明也是『沒毛的』，為什麼沒有人指出這件事呢？」

「誰知道？或許大魔女在他們心中是特別的吧？」

「真是隨便耶～」

我對聳著肩的亞里沙說了句「同感」當作回應。

「而且因為她在眾人面前現身時都會深深地戴著寬緣的魔女帽，還裝備高性能的認知妨礙道具，一般人要是距離不夠近，認知或許就會變得模糊吧？」

再加上她平時都以緹雅的身分行動，或許在近距離見過大魔女的人不多也說不定。

馬車在廣場內停下，眾人催促我們前往大魔女所在的高臺上。

當我和夥伴們一同走上高臺時，一直跟著遊行來到廣場的樂團和舞者們在演講臺周圍散開，用音樂和舞蹈炒熱氣氛。

「恭喜你們漂亮達成攻略『城堡』的偉業，冒險者『潘德拉剛』一行人啊。」

我們在大魔女面前排好隊之後，她壓低音量用帶著威嚴的聲音說。

「竟敢這麼亂來！」

「假使攻略失敗，陶洛斯的群體從『城堡』發動襲擊，你們要怎麼負責啊！」

剛剛的犀人和猿人不識時務地潑起冷水，然而立刻就遭到周圍的獅子人和虎人毆打閉上了嘴。還真是暴力耶。

「唔嗯，我來跟不知道情況、感到擔心的人們說明一下吧。這些人制定了攻略計畫，做好就算攻略失敗也不會引發暴動的安排，得到我的允許之後才展開攻略。就算因此發生了暴動，責任也在判斷他們做出足夠對策而給出許可的我身上。」

實際上我們並未得到什麼允許，因此大魔女似乎是顧慮到市民的情緒，才將責任攬到自己身上。

「而實際上暴動並未發生，『潘德拉剛』一行人完成沒人成功過的『城堡』攻略。我想對這項偉業予以祝福。」

大魔女打了個信號之後，打擊樂器開始發出「答答答答答」的鼓聲。在後方等待的弟子們端著放有荊棘寶冠和冒險者證的托盤走了上來，八名弟子手上的托盤似乎各放了一組。

大魔女拿起其中一組後，鼓面發出「咚！」的一聲停了下來，整個會場被寂靜所籠罩。

「我將授與達成偉業的英雄能夠驅魔的『荊棘寶冠』，當作賜予稱號『大魔女的騎士』的象徵。」

大魔女將寶冠戴在跪地的我頭上，弟子們則負責幫夥伴們配戴寶冠。

「接下來，將授與『潘德拉剛』新的冒險者證。」

大魔女從托盤上拿起冒險者證，像是要展示給人們看一般高高舉起。

——哎呀？

她拿的好像不是金獅子級的冒險者證吧？

「……光龍。」

站在講臺附近的老人以顫抖的聲音低喃。

聽到這句低喃的人們逐漸起了騷動。

「是光龍證！」

「居然是夢幻的光龍證嗎！」

聽到人們的叫喊聲，大魔女微微揚起嘴角，視線輪流掃在我們身上。

看來這是她給我們的驚喜。我將無表情技能關掉，露出驚訝的表情。

「這是很久沒有授與過的冒險者證喔。」

大魔女用緹雅小姐的語氣悄悄對我說。

「向新誕生的光龍級冒險者獻上祝福！」

當一陣光芒閃過，透明的光龍映照在我們身上之後，廣場的人們頓時爆發出會讓人身體為之震動的驚人歡呼聲。

那些閃光和龍的幻影演出，應該來自會使用光魔法的弟子們吧。

夥伴們露出燦爛的笑容向廣場的人們揮揮手，場面立刻變得更加熱鬧。

或許是非常開心吧，波奇和小玉在狹窄的高臺上東奔西跑，不停揮著手和尾巴。

——ＬＹＵＲＹＵ！

受到波奇興奮的情緒影響，溜溜也從龍眠搖籃裡飛了出來。

「是龍！一隻小型的龍！」

「牠也在祝福光龍級冒險者的誕生！」

周圍的人們在看見溜溜之後起了騷動，受到熱烈氣氛影響的溜溜開始仰天歌唱，接著不知從何處冒出來的花瓣飄滿了整個天空。

「哇哈——！好棒，太棒了！我也來展現一下美麗的歌喉吧！」

「慢著，亞里沙。」

「亞里沙，晚點之後再說。」

亞里沙還打算趁勢舉辦獨唱會，卻被露露和莉薩阻止了。

「就用一些酒和料理來招待各位吧！要塞都市的人們啊！一同慶祝英雄的誕生吧！」

大魔女的話一說完，放在廣場各處的酒桶同時開封，與放在手推車上的料理一起被送了上來。

在大魔女返回塔裡之後，當地的紳士名流像是跟她交棒似的接連不斷地前來向我打招呼。我好不容易撐了過去，接著前去與先行參加宴會的夥伴們會合。

「主人，辛苦了。」

我將亞里沙遞過來的果實水一口氣喝下肚，接著吐了口氣。

「佐藤先生、露露小姐還有大家，恭喜你們！」

人群的另一端傳來清澈輕盈的聲音。

撥開人群現身的，是有著與清澈嗓音相符，擁有清純美貌的勇者屋店長蘿蘿。

「謝謝妳，蘿蘿。」

「蘿蘿小姐，謝謝妳。」

露露和蘿蘿抱在一起分享喜悅。

「少爺，恭喜你。這些孩子也在喔。」

「謝謝妳，諾娜小姐。」

站在蘿蘿身後的勇者屋常客諾娜小姐將帶來的孩子們推到前面來。

「恭喜組人。」

「恭喜娜娜。」

「恭喜，我肚子餓了。」

勇者屋的年幼店員——蹴鞠鼠人的倉鼠孩子們也紛紛開口祝福。

「幼生體！」

娜娜在發現他們之後，神速抓住他們並緊抱在胸前。

倉鼠孩子們扭動身子試圖逃跑，卻沒能逃離娜娜的懷抱。

「會被討厭。」

「是的，蜜雅。之後再進行擁抱，我這麼告知道。」

遭到蜜雅警告的娜娜放開倉鼠孩子們。

「狗的人也在一起喲！」

「喵嘿嘿～」

波奇和小玉將幼狼模式的費恩抱了起來。

「主角不要待在這種地方啦。已經在另一邊幫你們準備好座位了，讓冒險者們聽聽你們攻略時發生的事吧。」

因為金獅子級冒險者泰格先生前來邀約，我們帶著蘿蘿她們往座位的方向移動。

由於要塞都市的魔物肉種類豐富，宴席上充滿了大量的肉料理。

「哇喔～Eccentric～？」

「好多肉，波奇要變得失常了喲！」

「喔，吃吧、吃吧！今天的主角就是你們！」

泰格先生朝著因為看到肉料理，雙眼閃閃發光的波奇背上推了一把。

「美味、美味～？」

「肉是最強的喲！」

——ＬＹＵ？

「溜溜也來吃喲！孩子要吃得多才長得快喲！」

——ＬＹＵＲＹＵ！

或許是吃了一口後覺得很美味，溜溜也跟波奇她們一起開始享用起肉料理。

看來又多了一個貪吃鬼的樣子。

「不用著急，還有很多喲——好了，不要弄掉，要吃乾淨喲！」

波奇勤快地照顧溜溜。

一定是因為能夠做出像姊姊一樣的行為，讓她很高興吧。

「啊——！她是那時候救了我們的貓耳小孩！」

「我們被包圍的時候，跟小龍一起衝散魔物的犬耳小孩也在喔。」

在遠處觀望的冒險者們看著我們的方向談論。

因為已經進行救援很多次，現在有點記不清了。

「喂，黑槍在那邊耶。」

「真的耶。就算只有一次也好，能不能向她請教長槍術啊？」

「雖然那些小不點也很強，黑槍更是不同啊～」

「我想跟蜜雅大人討論魔術相關的事。」

年輕的冒險者們露出崇拜的眼神看著莉薩和蜜雅。

「娜娜小姐做的人偶非常可愛喔？」

「咦～真的嗎？下次我也跟她借來看看吧。」

「小露露，有空再開護身術講座吧～」

「也期待妳的料理教室喔～」

「亞里沙——！等妳吃完免費的餐點，我們去老地方玩吧！」

主婦們這麼對露露說，壞小孩們邀請亞里沙一起去玩。

雖然夥伴們大多時間都在迷宮狩獵，似乎已經跟要塞都市的人們打成了一片。

「蘿蘿也在這裡啊！」

擁有大小姐風範的矮精靈少女來到眼前。

「啊！小凱莉！」

「我不是一直告訴妳，不准省略我的名字嗎！我叫做凱莉娜格蕾！是烏夏商會的下一任會長！」

凱莉小姐和蘿蘿展開一如往常的對話。

「大小姐，您想敘舊是無所謂，但還是先講正事吧。」

在凱莉小姐身後開口提醒的，是擔任她祕書兼顧問的托瑪莉特洛蕾小姐。她身後帶著一群種族各不相同，身材豐腴的壯年商人。

「我知道啦。有國外的商會上門想要進口勇者屋的商品，我為了介紹給妳，才帶他們過來。我去了妳店裡一趟，管理店面的地精說妳今天會在這裡，所以我才會跑來這裡喔。」

擔任勇者屋新幹部的地精特邦先生也跟在商人們後面。因為人潮十分擁擠，身材嬌小的他光是來到這裡就費了不少工夫。

「謝謝妳，小凱——凱莉娜格蕾小姐。」

蘿蘿原本打算用往常的方式稱呼她，卻在想起這是工作之後又改了口。

「不必在意啦。我和托瑪莉在處理完手邊的工作後就會前往布萊布洛嘉王國，所以只是想儘早讓你們見面而已。」

見蘿蘿老實地道了謝，凱莉小姐害羞似的轉移視線。

商人們像是要接替凱莉小姐一般，開始跟蘿蘿打起招呼。

此時特邦先生也終於來到這裡，向我點頭致意之後就站到蘿蘿的斜後方。這應該是在表示，他認為勇者屋的代表終究是蘿蘿的態度吧。

「在下來自拉提魯提國的烏查商會，名叫米查。此次為了與勇者屋進行保存食品的貿易而來。」

「我是奇普查國莫夫商會的拉夫。本商會打算與勇者屋進行多項商品的買賣。」

鼠人和蛙人向蘿蘿打完招呼後，其他商人也爭先恐後地向蘿蘿搭話。他們應該都來自與樹海相鄰的國家。

特邦先生一邊應付眾人激烈的自我介紹競爭，一邊設法減輕蘿蘿的負擔。

即使如此，這對蘿蘿來說似乎還是太激烈了——

「佐、佐藤先生，幫幫我。」

蘿蘿很快就認輸，轉而向我尋求幫助。

這對於不久前還只在小型商店裡詳細管理收支的蘿蘿來說負擔似乎太重了。

雖然這倒是無所謂，不過機會難得，我希望蘿蘿能向一直在她身邊支援的特邦先生尋求幫助。由於特邦先生很成熟，因此只是面帶微笑地守望蘿蘿，可是我想他內心或許覺得有些寂寞吧。

「唉呀呀？這對蘿蘿還太早了嗎？」

「不好意思，一口氣提出太多問題，她好像還應付不來。」

凱莉小姐接替傻眼的商人們掌握主導權，我也替蘿蘿回答並向商人們低頭致歉。

「他們每一家都有跟烏夏商會進行交易，是值得信賴的商會喔。」

凱莉小姐這麼打包票說。

以一家商會來說，僅憑這句話就全盤相信很有問題，不過勇者屋缺乏能進行信用調查的人才也是事實。只要避免會造成致命性打擊的大規模交易，除此之外就算發生糾紛，都當作是讓蘿蘿有所成長的代價吧。

「那就可以放心了呢。具體的商談就等之後再說，蘿蘿也覺得這樣就行了吧？」

「是的！既然佐藤先生這麼說了，那就這麼辦！」

蘿蘿露出完全信賴我的表情說。

縱然我很高興她這麼相信我，就算為了增進她和特邦先生他們的感情，或許我該稍微保持一點距離比較好。

「那麼，之後見嘍。」

凱莉小姐帶著商人們前往商談下一樁交易的地方。

確認四周的商談對象都離開後，我開口提醒蘿蘿：

「剛剛那樣是不行的喔。勇者屋的老闆是蘿蘿，徵求他人意見或找人商量倒還無所謂，但是最終下決定的人必須是蘿蘿才行。」

「——對、對不起。」

蘿蘿深深低下頭向我道歉。

「我沒有生氣，所以妳不用這樣道歉。徵求他人意見的確很重要，但不能交給其他人來下判斷喔。」

「……是。」

蘿蘿像是被父母責備的小孩子一樣，顯得非常沮喪。

「佐藤先生，蘿蘿老闆也已經在反省了，您差不多該——」

或許是看不下去了，特邦先生介入並開口說情。

我也覺得自己有點說過頭了，於是向蘿蘿道歉。

此時一道開朗的聲音，打破現場尷尬的氣氛。

「——蘿蘿老闆！」

勇者屋新僱用的店員們一邊用力地揮著手，一邊從人群的另一端走了過來。

「蘿蘿老闆！我還在想怎麼找不到您，原來在跟少爺打情罵俏啊！」

「不、不是啦！」

「哎呀～老闆害羞的樣子真可愛。」

被女性店員們捉弄，蘿蘿變得滿臉通紅。

「老闆！少爺和小亞里沙她們也在！大家——！這邊、這邊！」

其他店員發現蘿蘿也聚集過來。

因為前陣子土地收購和緹雅小姐的協助，勇者屋的規模以非常快的速度逐漸擴大，店員數量也進一步增加，有不少新來的孩子我甚至沒說過話。

「主人，現在有空嗎？」

在我守望蘿蘿她們的時候，亞里沙小聲耳語對我說。

「有啊，什麼事？」

「關於剛剛蘿蘿她啊——」

「妳是指把一切都交給別人判斷的事嗎？」

「——把一切都交給別人？」

亞里沙先是愣了一會兒，隨後瞇起雙眼瞪著我。

「……唉，你在說什麼啊？又不是遲鈍系的主角。」

「妳不是想說她像是在依賴我的事嗎？」

「才不是！那是因為蘿蘿她——」

「蘿蘿她？」

「撒嬌。」

因為亞里沙突然欲言又止，當我催促她繼續說下去時，蜜雅簡短地插嘴說。

「——撒嬌？」

「防禦行動。」

聽完這個補充，我總算了解蜜雅和亞里沙想表達的意思了。

「看來你總算明白了呢。」

「她發現我打算與勇者屋保持距離，為了阻止這點才採取那種行動嗎？」

雖然我早就發現蘿蘿對我有好感，沒想到她產生事情全部交給我判斷的傾向，是為了留下我才做出的行為。

「因為蘿蘿不是那種懂得戀愛技巧的人，我認為那並不是她刻意做出的行動。」

可是，如果是這樣——

「也就是說，我妨礙了蘿蘿的成長和勇者屋建構新的體制嗎？」

那可不妙。

「雖然這種說法很討厭，從結果上來看就是那樣吧。」

「嗯，同感。」

亞里沙用力地點了點頭，蜜雅也模仿她的動作。

仔細思考過後，我得出了結論。

「我或許該跟蘿蘿和勇者屋的經營稍微保持一點距離才對。」

「是啊，我也覺得那樣比較好。告訴蘿蘿的事情——」

「就由我自己來吧。」

我想那是自己的職責。

◆

「佐藤先生，你在想事情嗎？」

蘿蘿將裝有當地酒類的高腳杯遞過來，在我身邊坐了下來。距離有點近，是能碰到彼此肩膀的距離。

或許是因為蘿蘿也喝了酒，她身上的氣息有些嫵媚。

「嗯，有點事情。」

稍微猶豫了一會兒之後，我把事情告訴蘿蘿。

「我想自己差不多該離開要塞都市了。」

蘿蘿低著頭，將臉埋在我的肩膀上。

能聽見些許類似嗚咽的聲音。

雖然之前就提過我將會離開她身邊，或許還是太快了也說不定。

「蘿蘿？」

「……是。」

我撫摸蘿蘿的頭髮小聲地問之後，她做出回應：

「我很清楚，佐藤先生你們留在勇者屋的時間只有短短的一下子而已。」

蘿蘿像是在說給自己聽似的，用顫抖的聲音說：

「……可、可是，我還什麼都沒能報答佐藤先生。」

她挽住我的手臂抱了上來。

「我、我對佐藤先生……」

「不行喔，蘿蘿。」

不能被一時的情緒和氣氛影響，要好好珍惜自己才行。

「說得……也是呢。畢竟佐藤先生有露露小姐她們了嘛。」

我並不清楚低著頭的蘿蘿究竟露出什麼表情。

可是，就連遲鈍的我也很清楚自己傷害了她。

「非常感謝您一直以來的照顧。」

蘿蘿抬起頭，眼眶泛淚並拚命露出笑容為至今的事向我道謝。

或許是對蘿蘿的樣子於心不忍，在一旁守望的露露和亞里沙衝了過來。

「沒事的，蘿蘿小姐。又不是再也無法見面。」

「沒錯！假如蘿蘿遇到危險，無論我們在世界的什麼地方都會趕過來幫忙。」

「汪！」

兩人鼓勵蘿蘿，幼狼型態的費恩也一樣。

蘿蘿緊緊抱著幼狼型態的費恩，再度點了點頭。

◆

幾天後——

完成各種交接工作，做好旅行準備的我們來到勇者屋前面。

「娜娜，謝謝妳～」

「娜娜，抱抱？」

「娜娜，有點心嗎？」

倉鼠孩子們跟娜娜互相道別，蘿蘿則拿著花束走到前面來。

「露露小姐，還有大家。感謝你們一直以來的照顧。」

蘿蘿將花束一一遞給夥伴們，並且緊抱著最後的花束抬頭看向我。

「——佐藤先生，勇者屋能變成現在這樣，都是託你的福。」

她眼角泛著淚光，一時說不出話來。

「老闆！加油！」

「抱上去啊！」

年輕的店員們慫恿蘿蘿。

亞里沙和蜜雅這對鐵壁組合露出惡鬼般的表情瞪著慫恿蘿蘿抱我的店員。

「我們還會再來玩喔。」

「絕對要再來，說好了喔。」

蘿蘿將花束遞過來——拉著我的手臂，在我的臉頰留下柔軟的觸感。

「嘿嘿嘿——這是謝禮。」

她一邊感到害羞，一邊用手背擦掉快落下的淚水。

露露和倉鼠孩子們安慰蹲在地上的蘿蘿。

接著常客們像是與那樣的蘿蘿交棒一般來到我們身邊。諾娜小姐和另外幾名女性似乎打算去找蘿蘿。

「少爺，你們真的要走了嗎？」

「是的，我們原本就這麼打算。」

「蘿蘿就交給我們吧。」

「就算出現奇怪的傢伙，我們也會保護她。」

常客們拍著胸口向我保證。

繼那些常客之後，與勇者屋有商業往來的人們也前來送行。當然，其中也包含了勇者屋的員工們。

「被人搶先了呢。這是餞別禮。」

「謝謝您，凱莉娜格蕾小姐。您還沒出差啊？」

「……工作進展比預期還要來得更慢……要讓那些具有強烈地盤意識的傢伙合作，實在很累人。」

那還真是麻煩。真感謝凱莉小姐在這麼辛苦的時候還來送行。

「總覺得人很多呢。」

「緹雅小姐也來了啊。」

「是啊。畢竟在贊札桑薩那時候得到幫助，送個行沒什麼的。」

弟子模式的緹雅小姐這麼說，贈送書和魔法藥給我們當作餞別禮。

以她作為收尾，我們離開勇者屋門前。當看不見彼此的身影之後，嗚咽聲傳了過來。那應該是蘿蘿和初期員工們的聲音吧，夥伴們的心情也很沉重。

「好了，轉換心情出發吧！」

亞里沙緩和氣氛鼓勵大家。

「主人你也是！打起精神來，不是還有我們在嗎？」

經亞里沙打氣之後我才發現，自己的情緒似乎也有點失落。

「說得也是。總之，先去巡迴樹海附近的國家吧。」

如果是這種程度的距離，一旦蘿蘿或勇者屋發生什麼事，也能輕鬆趕回來。

幕間：在黑暗中蠢動之人

「身為上級魔族竟然這麼沒用。」

穿著魔法使風格長袍的鼬人責罵漂浮在巨大水槽裡的肉塊。

每當肉塊被罵就會跳動，勉強能看出是臉的部分殘留著如同樹皮的肌膚。

從他說的話和痕跡看來，能判斷出這個肉塊，就是和佐藤一行人交戰的樹皮上級魔族的屍體。

「喋喋喋，情況如何捏，惡魔召喚師佐瑪姆格密大人？」

在黑暗的另一端，一名像是在隱藏身分、深深戴著兜帽的獸人男性用帶有黏稠感的語氣開口說。

「大人會來這裡真是稀奇。計畫還在預定的範圍內。」

被兜帽男稱為惡魔召喚師的鼬人佐瑪姆格密，似乎透過聲音和說話方式認出對方。

「喋喋喋，真不愧是備受皇弟殿下期待的惡魔召喚師大人捏。可是，我聽說您授與魔王遺物的死靈術士失敗了，那也在預定範圍之內嗎捏？」

「……您已經知道了啊？那傢伙本來就是棄子，為了測量大魔女的戰力才派出去的。」

「喋喋喋，對大魔女的思念被精神魔法改寫成執念，由敬愛之心變成扭曲愛意的蛙人也真是可憐捏。」

他們指的似乎是率領不死族軍團攻進要塞都市阿卡緹雅的死靈術士贊札桑薩。

「哼，這可是劣等的其他種族替屬於優等種族的我等鼬人派上用場的機會，一點問題都沒有。」

「喋喋喋。」

兜帽男眼神冷漠地看著說出種族優越理論的佐瑪姆格密。

「那麼確認到最重要的紫月核的存在了嗎捏？」

「無論是派出去的使魔，還是附身在冒險者身上的魔族，全被大魔女的手下解決了。」

「也就是說，還沒找到的意思捏？」

佐瑪姆格密從繼續追問的兜帽男身上別開視線。

「……真令人困擾捏。」

「我方可是連上級魔族這個殺手鐧都被解決了喔！為何理應不會服從任何人的神獸芬里爾會幫助大魔女？為何勇者會出現？勇者在討伐巴里恩神國的魔王之後，不是應該被送回勇者的國度了嗎！」

面對兜帽男傻眼的態度，佐瑪姆格密激動起來。

「情報太落後了捏。當代的勇者有兩個，分別是沙珈帝國的勇者隼人和希嘉帝國的勇者無名。出現在樹海迷宮的，恐怕是勇者無名捏。」

「居然有兩人！但是能夠將增殖的上級魔族一舉消滅殆盡，已經超越勇者的範疇——」

「喋喋喋。」

「有什麼好笑的！」

「勇者無名可是把『自由之光』幹部在希嘉王國召喚的『魔神的產物』消滅了捏。」

「將『產物』消滅了？他以凡人之軀打倒了神的化身嗎？」

「喋喋喋，聽我在希嘉王國的外甥說，他似乎是跟守護天龍合力打敗的捏。」

「如果得到天龍的幫助——不，不可能。孚魯帝國過去的遺跡也留下『產物』的逸事，那可是甚至能毀滅數個魔法文明，比現代更為優秀的國家的存在喔？光是讓一個希嘉王國灰飛煙滅，並不足以打倒它。」

「據說希嘉王國的損害很輕微捏。」

佐瑪姆格密又說了一次「不可能」，接著像是要甩開雜念似的用力搖搖頭。

「倘若存在這種超乎常理的對手，要用正攻法就很難了。」

「喋喋喋，需要間諜的話，我也可以安排捏。」

「不需要那種靠金錢僱來的貨色。召喚出來的魔族中，也有特別擅長潛行的傢伙。」

「牠們不是會被大魔女感應到嗎捏？」

「我知道。所以會先讓大魔女無力化。」

「你有辦法讓她無力化嗎捏？」

「用詛咒。只要使用魔王『死靈冥王』留下的遺物，要詛咒大魔女只是小事一樁。」

「喋喋喋，那好像可以期待了捏。」

「……話雖如此，使用遺物進行詛咒並不容易，請大人通融進行儀式的必需品。」

「喋喋喋，假如能藉此確認紫月核的存在，這不過是舉手之勞捏。」

兜帽男說會派出使魔把東西送來，接著便消失在黑暗的另一側。

「離開了嗎？然而，即使詛咒了魔女，要是勇者出現一樣無法行動。」

佐瑪姆格密注視黑暗思索著。

「無論擁有多麼超乎常人的力量，勇者終究是人類。只要在周邊諸國散播災禍的種子，應該就能讓他疲於奔命才對。」

他命令魔族附身在周邊諸國的將軍和大貴族身上引發混亂，並要求他們攻擊要塞都市。

◆

因為召喚魔族而耗盡魔力的佐瑪姆格密坐倒在椅子上，注視發出「咕嘟咕嘟」滾動水聲的水槽。

「紫月核……只要有了那個，就能找出並得到被愚神們藏起來的無敵浮游要塞了。」

佐瑪姆格密在黑暗中喃喃自語地說：

「這麼一來就能將它獻給偉大的皇弟**陛下**，將信奉**刻學**的假皇帝從王座上拖下來。」

他開始大笑起來。水槽中的上級魔族用僅再生的一隻眼，靜靜地注視著佐瑪姆格密。

周邊國家觀光

「我是佐藤。閱讀觀光手冊，決定好前往哪些地方的旅行固然很有趣，毫無準備地走到哪玩到哪也很開心。不過，也得事先做好會遇到麻煩事的覺悟就是了。」

「這裡就是鼠人們的國家啊？」

亞里沙環顧用褐色磚塊打造的建築物說。

離開要塞都市阿卡緹雅之後，我們來到鄰近樹海的周邊國家觀光。

目前我們位於阿卡緹雅西南方的鼠人國拉提魯提。選擇這裡是因為距離很近，蘿蘿發生意外也能立刻趕過去。

「幼生體……」

「那是成年人。」

蜜雅制止搖搖晃晃地朝著長得像倉鼠的蹴鞠鼠人，以及外型酷似小白鼠的白毛鼠人方向走去的娜娜。

「雖然都叫鼠人，不過也有許多不同種類的人呢。」

「是啊，沒想到居然是這麼多樣化的種族。」

在露露和莉薩的面前，有著外表看似水豚的穩鼠人、毛很長的長毛鼠人，以及尾巴豐滿的松鼠人。

這裡使用的語言似乎是要塞都市阿卡緹雅也使用的西南諸國共通語，以及類似灰鼠人族語的南西鼠人族語。雖然取得了後者的技能，因為光靠西南諸國共通語就足以交流，我並未使技能有效化。

「入口很小～？」

「建築物也小得很可愛喲！」

除了主幹道的大商會和公務機關之外，建築物入口都很矮，是成年人族無法穿過的大小。感覺就連波奇和小玉那種身材也會撞到門楣呢。雖然沒有那種東西就是了。

或許是因為這樣，主要的商店似乎都是攤販，只有大商會才有店面。

「主人，請看那邊。」

露露指著的攤位販售著勇者屋的商品。

「那是先通融賣給旅行商人的份吧？看起來似乎賣得還不錯。」

從包裝看來，我想那大概是賣給之前來勇者屋兜售卷軸的旅行商人的商品。

縱然應該已經加上昂貴的運費，驅蟲藥和保存食品都以非常快的速度減少。如果能趁勢在周邊各國養出固定客群，就能正式規劃出口了吧。

這麼一來，勇者屋也就安穩了。

「聞聞，有鬆餅的味道喲。」

「喵～？沒有喔～？」

波奇露出肯定的表情斷言，小玉卻一臉疑惑地歪著頭。

「這、這個是——」

見到波奇帶路的攤販賣的東西之後，我忍不住啞口無言。

「是玉米！」

「玉米？這個叫做黃粒哪。雖然不能直接拿來吃，如果像麥子一樣磨成粉，倒是多少有點用哪。」

這個攤販的大籃子裡賣的是玉米，還是以脫粒後的形式販售。

波奇所說的鬆餅香味似乎是玉米的味道。這麼說來我好像曾經在賽利維拉迷宮裡，將一種叫做步玉蜀黍的巨大玉米顆粒磨成粉烤過鬆餅。

「可以讓我試吃看看嗎？」

「沒問題。」

我依序試吃了店家販售的五種黃粒。黃粒似乎經過烘乾，口感比想像中來得硬，無論怎麼咀嚼都吃不出甜味。這似乎並不是在餐桌上常見的甜玉米，而是比較接近經常用來當飼料的硬質玉米。

即使如此，能用的地方還是很多。

「我要買，有多少就買多少。」

「客人還真豪邁呀，今天能收攤了哪。」

當我告知也想要脫粒前的玉米後，因為商品被包下而心情大好的老闆立刻跑去田裡摘給我，而且還是滿滿的兩大籃。當然，這些玉米不僅沒脫粒，甚至還留著外皮。

「買這麼多要幹嘛呢？」

「有件事想試試看。」

與攤販老闆道別後，我移動到一個人煙稀少的地方，將依然留有外皮的玉米拿在手上，並用另一隻手從儲倉裡拿出樹靈珠。

「難不成——」

我朝著發現我意圖的亞里沙回了個微笑，對樹靈珠注入魔力許下願望。

「這樣應該就行了吧……」

接著剝開玉米的皮，摘下一顆玉米粒放進嘴裡。

——好甜。

「如何？」

「成功了，是**甜玉米**喔。」

雖然做好了失敗的心理準備，或許是抱持明確的印象才能成功吧。原本還在想要是不行，就透過品種改良來讓玉米變甜；託樹靈珠的福，一次就搞定了。

這些甜玉米的其中一半就交給波爾艾南之森的精靈們栽培，剩下的一半就等下次前往田裡購買玉米的時候，提供給種植玉米的專家來培育吧。畢竟只要產地增加，應該就能種植出不同的品種才對。

無論是烤玉米、玉米天婦羅，還是用來做披薩或沙拉都不錯。因為甜玉米的用途很廣，感覺能進一步增加料理的菜色。

在那之前——

「Delicious喲！」

「好吃、好吃～？」

「美味。」

我依照人數生成甜玉米，做成水煮玉米給大家享用。

剛摘下來的玉米果然還是用煮的最好吃呢。

◆

吃完玉米之後，我們回到市場繼續購物。

「這個扣環很帥氣，我這麼告知道。」

「獨特設計。」

鼠人們的手掌嬌小，其中不乏許多手藝靈巧的人，因此精緻的手工藝品和編織品十分豐富。雖然商品多屬迷你尺寸，也有適合其他種族的尺寸，於是我們買了許多東西。

因為我幾乎沒有關注過這附近的國家，等下次用庫羅身分前往越後屋商會時，再把這些當成樣品提供給他們吧。

「冒險者大人！那邊的高級冒險者！」

「是指我嗎？」

叫住莉薩的，是一位看起來很富裕的長毛鼠人商人。

「是的，那個動作，再加上那把裹著布的魔槍！您應該是阿卡提雅的冒險者大人吧？」

「的確是這樣沒錯……你是誰？」

「抱歉，突然叫住您。我是密傑努商會的總管，名叫索姆。假如不介意，可以請您移駕到敝店一趟嗎？」

莉薩和娜娜用交給我判斷的眼神看了過來。

因為他看起來似乎有事要說，我打算接受他的邀請。畢竟如果是有錢的商人，應該也很了解這個國家的特產和名物吧。

「──您說骨製武器和陶洛斯的素材嗎？」

我們被帶到大型商會的會客室，在享用了散發甜美香氣、類似拉茶的奶茶之後，總管索姆先生切入正題。

「是的，阿卡緹雅的骨製武器在我國也非常受歡迎。」

這個國家鄰接的樹海明明並未迷宮化，麻煩的「銹蝕藤蔓」似乎仍舊十分猖獗。

「既然如此，我手邊還有些現貨，就讓給您吧。」

儘管大部分都放在勇者屋的倉庫，我手上還有很多帶著玩心製作的骨製武器。搞砸的失敗品就繼續留著，那些用各種素材練習時製作的部分就算賣給他應該也無所謂。

「這、這個是！這些全都出自名匠之手吧？別看我這樣，看武器的眼光我還是很有自信的。雖然一眼就能看出它們不是迷宮掉落物，要分辨作者好像得費一番工夫。莫頓大人──應該不是。贊札桑薩大人的作品則應該會帶有更多詭異的氣息。縱然很像出自羅佩大人之手，完成度卻又高上好幾個檔次。嗯……」

他或許是個骨製武器愛好者，只見他一邊說出幾個死靈術士的名字，一邊發出低吟。

我想他大概猜不到正確答案，便看準時機將話題轉移到開價上。

另外也順便提供他想要的未加工陶洛斯素材。畢竟我手頭上的陶洛斯素材非常豐富。

「都是些名劍和名槍，光出價就得費一番工夫。價格就由我方給點讓步——您覺得這樣如何？」

他提出非常驚人的鉅款。雖說有超過一百把的準魔劍和準魔法武器，沒想到金額換算成希嘉王國金幣會超過兩萬枚，堪稱是魔劍級的價格。

「這個價格不包含朱冰劍和蒼焰劍。我推薦您把它們拿去參加拍賣會，或是獻給國王陛下換取爵位。」

只用兩把劍就能換到，爵位還真是廉價。但我不需要那種東西，也不打算留到拍賣會結束，於是便依照他提出的價格出售了。

「佐藤大人，雖然有些難以啟齒……」

據說由於金額過於龐大，準備現金需要十天左右的時間。

「既然如此，我就購買店裡的商品來抵價吧。貴店有販售黃粒嗎？」

「那真是太好了，本店當然有出售黃粒。從磨成粉狀的到用來當飼料的顆粒狀，品項一應俱全。即使需要數輛馬車的分量也能備好。」

因為省下了收購玉米的工夫，我向索姆先生借了一間空倉庫，請他們把商品送進裡面。接著我以被拒絕為前提，詢問是否有販售加工前帶皮的玉米，得到了能在明天中午前準備一百籃分量的回應，真不愧是大商會。

當然，光靠穀物不可能抵消全部款項，於是我便跟夥伴們一起將密傑努商會的商品從頭到尾瀏覽了一遍。在添購布萊布洛嘉的寶石和大量的桂皮抵消部分款項之後，最後靠著買入祕藏的土晶珠和大量土石成功將帳款結清。我手邊的土晶珠沒剩多少，這下真是幫了大忙。畢竟小玉的忍術也會用到土石。

「這個國家能採到很多土石嗎？」

「是的。詳情我不能說，但這是我國少數的名產。」

我因為土石的價格相當低廉詢問一下後，得到了預料中的答案。

位於樹海反方向位置的農耕地十分貧脊，似乎到了要把土石打碎，代替肥料灑進土裡的程度。透過地圖搜索，我馬上就找到土石的挖掘場，之後我打算用眺望觀察一下哪些地方能夠挖得到。

交易結束後，我們更換成在商會買到的當地服裝來到戶外。當然，同時也搭配了當地的工藝品。

「像這樣穿著造訪國家的衣服，總覺得很令人興奮呢！」

「Yes～?」

「衣服沙沙沙的，非常非常開心喲！」

年少組穿著當地服裝跳起舞來。

蜜雅雖然什麼都沒說，從表情看來似乎十分開心。

「溜溜說牠也很開心喲！」

在波奇胸前搖晃的龍眠搖籃閃爍著白光。

貪睡的白龍溜溜似乎也在朦朧中感覺到了波奇愉快的心情。

直到當天傍晚，我們參觀了如同蟻丘般相連的塔型地標，並邊逛邊享用當地名產。用玉米粉製作的麵食不僅種類豐富，而且價格便宜又美味，真希望也能在希嘉王國推廣。

「除了鼠人以外，也有其他獸人在擺攤呢。」

「好像是來自國外的旅行商人。」

在這個國家附近國家生活的大多是犬人、熊人和蛙人，不過似乎也有犀人、狐人和鼬人之類各種各樣的種族。

逛了幾個攤位之後，娜娜忽然抬起頭來。

「主人，軍隊來了，我這麼告知道。」

正如娜娜所說，大約數百人規模的士兵從外門的方向走了過來。他們似乎是這個國家的正規軍。

像是斥候的士兵跑了過來，要求主要幹道上的人退開，以確保道路中央留有讓軍隊通過的空間。

人群對面能看見一名像是將軍的鼠人和騎士們的身影，他們都騎著類似犀牛一般的騎乘生物。

「喵喵。」

「主人——」

不等小玉和亞里沙提醒，我也發現了。

將軍等主要成員被魔族附身了。

因為現在動手在各方面都很不妙，我決定先放著不管，等晚上再以庫羅的身分處理。

◆

「你瘋了嗎，吉巴將軍！」

我在天黑後前往的王宮正處於混亂之中。

從將軍肩膀長出的魔族手臂掐住了國王。國王雖然用都市核的力量進行抵抗，似乎沒有餘力能夠掙脫。

「我來幫忙。」

我透過腹語術技能在國王耳邊說，接著施展縮地衝了過去，用自製的聖短劍斬斷魔族的手臂救下國王。此時將軍身體的整個前半部變成嘴巴咬了上來，因此我立刻一腳將其踢飛。

在將軍撞上牆壁的同時，騎士們渾身是血地踹開入口闖了進來。

「快點把這個收拾掉！」

看到同伴出現，國王的語氣顯露出喜色，不過騎士們下個瞬間就從人類變成魔族。

原本還想分離魔族拯救他們，看來已經太遲了。

我施展縮地靠近魔族，使用聖短劍迅速將牠們一一解決。

看來都是些下級魔族，沒有遇到什麼像樣的抵抗。

「那麼——」

我將聖短劍收回道具箱，朝著國王走近。

「你、你是什麼人！」

「勇者無名大人的隨從庫羅。」

「勇者的隨從！這樣啊！感謝你的協助，庫羅閣下！」

儘管國王起初有些畏懼，在告知自己是勇者的隨從之後，他立刻擺出友善的態度。

國王命令侍從收拾房間，帶我來到豪華的會客室。根據國王的說法，這裡似乎是招待外國國賓的房間。

「這個國家經常出現魔族嗎？」

「已經二十年沒見過了。魔族不可能闖進張設結界的王城。」

國王一邊享用帶有桂皮香氣卻不甜的點心一邊回答。

「難不成——」

來到會客室會合的宰相開口說：

「最近經常有商隊失蹤，還有邊境村莊整個被摧毀的事件，該不會都是魔族造成的？」

「有這個可能。」

保險起見，還是檢查一下案發現場吧。

雖然根據剛來到這個國家時的調查，這裡沒有魔族和魔王信奉集團，可是遠征歸來的將軍們的確被魔族附身了，還是稍微調查一下比較好。

「將軍們遠征的地點是哪裡？」

「是樹海迷宮。」

原來如此。畢竟魔族也出現在要塞都市阿卡緹雅，將軍們大概是在樹海迷宮被附身的。

「——陛下。」

「什麼！你說喬姆喬！」

侍從長神色慌張地跑到國王耳邊小聲地說。

依照順風耳技能偷聽到的內容，似乎是對國王很忠心的第二王子使用都市核終端，讓針對魔族的偵測結界和驅逐結界失效了。前者好像是沿著都市外牆，後者則是為了保護王都張設的才對。

「宰相，接下來要專心討伐魔族了。」

「遵命。」

王國似乎有幾個孚魯帝國時代製作、能夠偵測魔族的鈴鐺。

「希望庫羅閣下今後也能提供幫助……」

「抱歉，我很忙。雖然不可能時時刻刻提供幫助，能夠協助你們討伐魔族。」

我拿出十把短劍大小的鑄造魔劍，交換幾個能偵測魔族的鈴鐺。這些劍的尺寸對鼠人來說應該正好才對。雖然性能與「英傑劍」差不多，對付下級魔族應該足夠了。

我婉拒了想藉由賜予爵位進行招攬的國王。雖然他之後還說要把公主許配給我當作救了自己一命的報酬，我的嗜好並沒有寬廣到會對鼠人公主抱持戀愛情感的程度，因此鄭重地拒絕了。

救命的謝禮就當作國王欠我一次人情，我打算之後有機會再去兌現。

◆

「水之都。」

「是的，蜜雅。青蛙國度的水很豐富，我這麼告知道。」

蜜雅和娜娜看著鳳尾船來回穿梭的河道表達感想。

繼鼠人國度拉提魯提之後，我們接著造訪蛙人國度奇普查。這附近的小國與希嘉王國和西方諸國不同，國名的最後不會加上「克」這個字。

「要坐鳳尾船嗎？總覺得像是到了威尼斯一樣呢！」

亞里沙顯得非常興奮。我明白她的心情。

「喵～？」

自從鳳尾船開始行駛後，小玉就一直盯著水面看。

「怎麼了喲？」

「房子的玄關在水下面？」

「還真的喲！要是家在那種地方會溺水喲！」

小玉和波奇慌張起來。

蛙人居住的房子入口似乎在水裡。

「是魚～？」

「是蝌蚪的人喲！」

水中有巨大的蝌蚪在游泳。

「那是幼生體，我這麼告知道。」

娜娜制止想把手伸進水裡的小玉和波奇。

蛙人的幼體似乎也跟真正的青蛙一樣，是從蝌蚪成長為蛙人。

「——哇啊！」

鳳尾船從巨大建築物的底下穿過，眼前是一座巨大的湖泊。

「湖的中央也有城鎮呢。」

正如莉薩所說，湖中央有許多建築物，它們都是從水中開始蓋起的。

那裡似乎是只由蛙人和魚人系種族構成的城市，是由不久前才見過、入口在水裡的建築物所構成。

「中央那棟白色的是城堡嗎？」

「那個啊，是行政區呱。」

鳳尾船的船夫對我們說。

雖然帶有些許口音，他說的是西南諸國共通語。

「那是什麼？」

「那個啊，只是養殖馬茲納的魚塭呱。」

「鯰魚（註：馬茲納和鯰魚的日文發音只有順序不同）？」

「不對、不對，是馬茲納呱。」

雖然捕魚業很興盛，似乎也會進行養殖。

「這裡的特產果然是魚之類的嗎？」

「雖然魚也很好吃，說到特產果然還是『人魚之淚』呱。」

根據船夫的說法，這裡的名產似乎是叫這個名稱的寶石。

實際上那似乎不是由人魚——鰭人族哭泣形成的寶石，而是古代的國王曾經說過「就像人魚的眼淚一樣漂亮」，才開始叫做「人魚之淚」。

「其他像是用水石製作的魔法道具，也很受外地人歡迎呱。」

畢竟對被水包圍的奇普查國人來說不需要嘛。

「是大嘴巴的人喲！」

「是河馬嗎？拖著巨大的木筏呢。」

大量載著貨物的木筏從水上都市的方向駛了過來。

看來水運似乎用河馬代替馬匹。

「到了呱。外地人從這裡進去呱。」

鳳尾船停靠在連接地面部分建築物的棧橋上。

這裡似乎是對外開放的繁華街，並未與從水中進入的居住區相連。

「質感類似珊瑚呢。」

「應該不是石灰或水泥，到底是用什麼做的呢？」

「是用『馬茲納的口水』呱。」

在一旁擺設攤位的蛙人老闆將答案告訴我們。

「馬茲納是指養殖的那個？」

「沒錯呱。是用馬茲納的血鍊成的馬茲納精水和湖底的泥巴混合當作建材呱。」

蛙人這麼說完，將裝有泥巴的壺和馬茲納精水的陶製瓶子從攤位底下拿了出來。

「有興趣的話，要買嗎呱？泥巴一壺十枚大銅幣，馬茲納精水一瓶銀幣三枚呱。」

「還真是暴利耶。這兩樣加起來大概四枚大銅幣才符合行情吧？」

因為他突然開出高於行情十倍的價格，於是我將價格殺到與市價相符。

「原來你不是第一次買嗎呱？被騙了呱。因為內心受創，要是你不出八枚大銅幣，我就振作不起來呱。」

「我可以花六枚大銅幣來買，超過這個價格就不必了。」

「等、等一下呱！六枚！六枚就夠了，請你買吧呱——」

當我無視演技拙劣的攤販老闆打算轉頭離開後，他立刻以驚人的速度抓住我的袖子開口拜託。看來是真的賣不好吧。

在那之後我們一邊逛了幾家攤販挑選土產，一邊尋找販售名產料理的店。

「——你說什麼！」

前方的路上不知為何擠滿了人。

「有種再說一次！你以為本大爺是誰啊！」

「少囉嗦！不過就是個沒去過阿卡緹雅的冒牌冒險者！」

像是冒險者的獸人與粗暴的當地蛙人你一言我一語地吵了起來。

雖然蛙人意外地把看起來很強的獸人踢飛了出去——

「噫，那傢伙吵個架竟然拔劍了。」

「這可不妙。」

莉薩看了我一眼，見我點頭之後，她用瞬動出現在獸人面前，一轉眼就奪走了劍並將其制伏在地上。莉薩就算不用長槍，還是很優秀呢。

「大姊，妳真厲害呱！難道是阿卡緹雅的冒險者嗎呱？」

「是的，直到不久前都還在要塞都市。」

聽莉薩這麼說完，周圍不知為何響起了歡呼聲，一個接一個地要求跟她握手。

「怎麼回事？」

「阿卡緹雅的冒險者在這個國家很受歡迎呱。」

「因為阿卡緹雅的冒險者們在迷宮深處努力，迷宮才不會往我們這裡擴展呱。」

蛙人們向歪頭不解的亞里沙解釋。

據說是前幾代的國王這麼說過，他們推薦國民前往阿卡緹雅進行遠征，而這個習俗至今似乎依然保留了下來。

「真是的，這個國家的和平明明都是託阿卡緹雅的福，那隻蠢蛙真是令人困擾呱！」

「沒錯、沒錯！贊札桑薩那個忘恩負義的傢伙！居然偏偏背叛了阿卡緹雅，真是個可惡的混蛋呱！」

聽他們說才知道，這個國家似乎是創造不死族軍團、進攻要塞都市的死靈術士贊札桑薩的故鄉，而且似乎還是當地的名人。最近這裡似乎一直在討論他在阿卡緹雅引發騷動的事。

蛙人們發出「呱呱呱」的聲音聊了一會兒贊札桑薩的壞話和傳聞，但很快地又把話題轉移到湖水變混濁這個最新的話題上。

據說似乎是位於王宮的淨水魔法裝置的狀況不太好。

要是王宮那邊遇到了困難，去幫個忙或許也行？我一邊這麼想一邊和蛙人們道別，繼續在路上尋找特色料理的餐廳。

「——唔哇！」

亞里沙在見到攤販販售的昆蟲料理後有些退縮。因為這裡的昆蟲料理保有正常的大小，似乎更讓她無法接受。

我也在迷宮裡吃過各式各樣的東西，但還是不擅長應付外表與蟲一樣的料理。因為蝦子和螃蟹那種大小就能正常地享用，我認為只是單純的偏見或抗拒心理作祟。

畢竟在希嘉王國的王城裡，和宰相一同享用的午餐會上吃到的毛蟲料理很美味嘛。

「特色料理難不成是這個？」

「攤販賣的好像不是馬茲納喔。」

依照地圖搜索的調查，那應該是一種白身魚。

「外地人接受不了蟲料理呱。」

蛙人攤販老闆並未因為亞里沙的表情受到影響，笑著對我們說。

「沒錯、沒錯，外地人該吃的是馬茲納料理呱。我們這兒便宜又大碗，非常推薦呱！」

「這位客人，要吃馬茲納料理的話，本店是最好吃的呱！」

或許是競爭很激烈，馬茲納餐廳的攬客小弟在發現我們之後立刻衝了過來。

「本店做的比較好吃呱！」

「本店是創始店呱！跟其他店不一樣呱！」

「哼！本店才是正統！假冒的滾旁邊去呱！」

拉客過程非常激烈，似乎隨時都會打起來。

這裡的店面大多以本地蛙人開的為主，但鼠人和犬人的店也隨處可見。另外雖然數量很少，似乎也有犀人和鼬人開的店。

「客人，請快點進來呱！」

「客人，本店打八折呱！」

「既然如此，本店就打七折呱！」

這次開始削價競爭。

由於每家店的攬客小弟都非常拚命，實在難以抉擇，最終我選擇了客人用餐後表情最滿意的店家。

「哦～這個就是馬茲納啊！從乾烤的情況來看，是類似鰻魚的魚類嗎？」

我用空間魔法「眺望」看了一下，馬茲納是一種像是畸形雷魚的魚。味道清淡，帶著些許柑橘系的檸檬塩味，吃起來非常美味。

因為想吃白飯，我悄悄從儲倉拿出飯糰來吃，結果亞里沙見狀也想要，於是我分了一半給她。

「真好吃。這個透明的乾貨很有嚼勁，越嚼越有鮮味。」

「耶耶~貝殼和手長的蝦子也好吃~」

「波奇喜歡白身魚先生喲！」

莉薩說的透明乾貨，似乎是一種將名叫湖水母的淡水系水母曬乾製成的東西。

「蓮藕，美味。」

蜜雅笑容滿面地享用蓮藕料理。

在湖底的泥土中生長的巨大蓮藕口感爽脆，非常美味。

「是的，蜜雅。除了魚料理和乾貨之外的料理也很美味，我這麼同意道。」

「這個『滑溜湖水母』也很好吃喔。」

「滑溜湖水母」是將新鮮水母作成類似涼粉的樣子加上三杯醋一起享用，是一種類似甜點的料理。口感與墨魚素麵一樣有彈性，相當地美味。

「喂，老闆娘！滑溜水母有苦味呱！」

「很抱歉，立刻為您換一份。」

包廂外傳來了客人的抱怨。

我將注意力集中在順風耳技能上，聽見老闆娘和廚師的對話。

「托諾老爺說有苦味。」

「是事前處理做得不夠嗎？」

「畢竟那位老爺的舌頭很挑剔呢。」

「我想大概是湖水混濁的緣故，我會再想想該怎麼處理。」

「拜託你了，主廚。」

雖然被「原來不是所有蛙人說話都會加上呱」這件多餘的事吸引了注意力，剛才在路上聽見的淨水魔法裝置故障，似乎也開始對名產料理造成影響。

為了守護美味的料理，我就稍微管點閒事吧。

◆

當天晚上，我打扮成庫羅的模樣造訪王宮。

「放入裝置的水晶珠還沒送到呱！」

國王的寢室傳出怒罵聲。

「距離接到『隱密村落』的報告已經過了三天，應該差不多要抵達王都了才對呱……」

「那麼，為什麼還沒出現呱！」

「就算陛下您這麼問……」

我悄悄地往房間一看，見到一個像大臣的蛙人正被一個戴著王冠、看似國王的蛙人逼問，顯得很困擾。

「陛下！不好了呱！輸送隊遭到襲擊了呱！」

蛙人女騎士慌慌張張地衝進房間裡。

水晶珠似乎很重要，於是我以此為目標試著用地圖搜索了一下，發現有個被魔族附身的蝙蝠人正在搬運一顆相當大的水晶珠。

保險起見，我用空間魔法「眺望」進行確認，發現他是個渾身是血、戴著面具的詭異男子。不過嘛，在被魔族附身的時候就已經有問題了吧。

我離開現場，用閃驅奔馳在空中，來到蝙蝠人的眼前。

蝙蝠人沒有詢問我的身分，維持原本的飛行速度打算穿過我身邊，但我當然不會讓他如願。我用方便的「黏著網」魔法抓住蝙蝠人，使他墜落到地面上。

接著用閃驅接近跌落在柔軟地面上的蝙蝠人，抓住因為衝擊而從他身上脫落的魔族並拉了出來。

「能夠抓住靈體狀態的魔族實在不合理噗～」

鼻子上長有翅膀的異形魔族開口抱怨。

明明沒有類似嘴巴的部位，真不知道他是怎麼說話的。

「為什麼要搶走水晶珠？」

「怎麼可能告訴你噗～當然是為了找碴噗～」

他一邊說不告訴我，一邊又說是為了找碴才搶走水晶珠。

看來跟魔族不可能正常交談。

「你那種說話方式，是曾出現在要塞都市的上級魔族的眷屬吧？」

「噗噗～主人真有名噗～」

魔族讓身體中心位置的鼻子開始扭動，呼吸急促地瘋狂舞動。

「搶走水晶珠是上級魔族的命令嗎？」

「廢話少說噗～！」

他像是要扯開話題似的讓鼻孔膨脹，一口氣吐出氣息，利用煙塵隱藏行蹤飛上空中。

我為了不讓他逃走而放出「黏著網」。在魔法即將打中的瞬間，魔族在空中爆炸，肉塊與光芒四散。

「——自爆？」

飛散的肉塊化為黑霧消失了。

紀錄也顯示討伐了下級魔族，可以確定剛剛的爆炸不是偽裝。

「也就是說，是給同伴的信號嗎？」

我透過地圖進行確認，並沒有發現其他魔族或魔王信奉者，也不存在見到剛才的光芒之後開始逃跑的人。

「水晶珠在──呃，自爆是為了這個目的嗎……」

我用地圖搜索水晶珠，卻找到了無數的碎片。

看來魔族似乎是為了讓水晶珠無法回收才自爆。

「雖然要回收很簡單──」

只要以地圖搜索得到的情報進行鎖定，再用「理力之手」連接儲倉加以回收就行。

除了幾塊比較大的碎片，其他都像沙子一樣細微。

那些細小的顆粒或許是因為穩定性很差，放在手掌上就會直接消失在空氣中。

好險、好險。要是沒有迅速收進儲倉裡，就會有不少部分消失了。話雖如此，維持現狀我也無法拿出儲倉。

我稍微想了一會兒，得出最好去找熟悉的人詢問的結論。

『晚安，雅潔小姐。』

『佐藤！』

我用「遠話」與位於波爾艾南之森、心愛的高等精靈雅潔小姐聯絡。

接著向語氣有些激動的雅潔小姐請教是否有方法能讓已經粉碎的水晶珠再生——

『那樣的話，只要先在被理力結界魔法包覆的地方填滿魔力再拿出來，接著透過魔力將所有碎片像揉黏土一樣慢慢搓成珠子就行了。』

『謝謝妳，雅潔小姐。我立刻試試看。』

『我也很高興能夠幫上佐藤的忙。』

我們依依不捨地切斷遠話，隨後我開始嘗試雅潔小姐指導的方法。

直接拿水晶珠做嘗試有點可怕，於是我將理力結界注滿魔力後，試著將粉碎的水石復原成珠子。

——真困難。

要是突然注入太多魔力，水石會化為大量的水噴飛出去。

必須慢慢注入魔力讓它習慣，掌握好其中的分寸。

>獲得稱號「水術師」。

>獲得稱號「水流的支配者」。

>獲得技能「屬性石加工」。

因為得到了似乎很好用的稱號和技能，我在讓它們產生作用後再試了一次。

——哦哦，好輕鬆。

將水石揉成一塊之後就能像黏土一樣進行塑形。雖然凝固後還有魔法「石製結構物」能用，這個狀態似乎能直接用手或「理力之手」進行加工。

——咦？

在我測試了各式各樣的玩法——熟悉訓練之後，手上的水石變成了水晶珠。

於是我抱著搞不好是這樣的想法，花時間試著仔細地注入過剩的魔力之後，水石真的變成一顆小型的水晶珠。

體積也變小了許多。

大概是水屬性的某種物質不夠才會變小吧。

「——還沒找到賊人嗎！」

「快找！那可是關係到我國的命運啊！」

順風耳技能聽見了士兵們搜山的聲音。

看來現在不是繼續反覆嘗試玩鬧的時候。

我拿出真正的水晶珠碎片和粉末，將它重新塑造成一顆水晶珠。

由於有些部分在魔族自爆時遺失了，我認為或許會比原來的珠子小一點，便將測試時做好的水晶珠也加上去，讓體積看起來大一點。

「在那裡！那裡好像有人在！」

我將水晶珠裝進能隔絕魔力的布袋裡，扔到墜落之後就昏迷不醒的蝙蝠人身邊。

這麼一來事情就平安落幕了。

◆

——看來我放心得太早了。

「為什麼會變成這樣呱！」

我算準水晶球抵達的時機，用庫洛的身分再度造訪王宮，卻見到蛙人國王正抱著頭。

「耗費上百年依照裝置的鑰匙形狀製作而成的水晶珠為什麼會是圓的呱！」

「該不會是賊人拿其他水晶珠進行替換了？」

「有什麼必要做這種事呱！稍微動點腦子再講話呱！」

國王對說錯話的大臣踹了一腳。

沒想到因為自爆而粉碎的水晶珠居然有特殊的形狀。

「可惡、可惡！」

「國、國王陛下，請您息怒。」

唉呀，任由他繼續被霸凌太可憐了。

「真是粗暴啊，國王。」

「什麼人呱！」

「有賊！快來人啊！」

騎士們聽見國王和大臣的叫聲，打算朝我衝來，於是我用魔法「黏著網」將他們黏在門附近。

「別那麼緊張。我是勇者無名大人的隨從庫羅，我不打算危害你們。」

「勇者的隨從呱！」

接著我從驚訝的國王手裡拿走水晶珠。

「水、水晶珠！」

「——看吧。」

我張設好理力結界之後，透過魔法欄發動「石製結構物」魔法，隨意地改變水晶珠的形狀給他們看。

「變形了呱！」

「如果是我，就能把它變成你們想要的形狀。」

「你、你想要什麼呱！」

「我正因為湖的汙穢擴大感到困擾。」

畢竟難得的美味名產料理味道變差很討厭嘛。

「一派胡言——」

「陛、陛下！」

大臣向國王說起悄悄話。

根據順風耳技能聽到的內容，他告訴國王無論理由是什麼，首先應該要求我將水晶珠變成裝置鑰匙的形狀。

「明白了呱，就讓你幫老夫的忙呱。」

蛙人國王捋著下巴的鬍鬚擺起架子。

姑且不論他的態度，還是趁他還沒改變心意之前把事情搞定吧。

大臣將帶有淨化裝置鑰匙形狀的模具拿了過來，我便將水晶珠加工成能嵌進去的形狀。

當水晶珠成形之後，大臣隨即捧著它衝出房間。

隨後又過了一段時間，大臣在士兵的攙扶下回到這裡，上氣不接下氣地報告淨水裝置平安啟動的消息。看來他在跑過去之後，就耗盡了體力。

「感謝你呱，勇者的隨從——」

「我叫庫羅。」

「庫羅閣下。」

淨水裝置無法啟動或許造成了很大的壓力，聽完報告的國王眉間深深的皺紋頓時消失，露出開朗的表情擁抱我表示感謝。

接著直接召開了宴會，王族、大臣、士兵和侍女一起發出「呱呱呱」的聲音跳起舞來，彼此相互敬酒。

這個國家的名產鮮紅卵酒，是一種用馬茲納的卵發酵製作、帶有獨特風味的低度數酒。雖然是一種會挑人的酒，與侍女端上來的「馬茲納肉末炸蓮藕餅」非常搭。

「吾友庫羅啊，你有什麼想要的獎賞嗎呱？對了呱！就把老夫的女兒許配給你呱！」

之前的鼠人國度拉提魯提也是這樣，國家得救的國王是有把女兒嫁出去的習慣嗎？

在國王身邊穿著禮服的蛙人用看起來有些開心的表情看著我。

雖然蛙人似乎很寬容，這並不符合我的喜好，還是拒絕吧。

「公主應該能找到更合適的蛙人騎士大人才對。」

畢竟從剛剛開始就有好幾名騎士嫉妒地看著我。雖然不太懂蛙人的美醜，從一旁侍女熱心的程度看來，他們似乎是一群蛙人帥哥。

「但是，不能什麼謝禮都不給呱。」

「──唔嗯。」

老實說，能夠將湖的汙穢除去就已經足夠了。

「那麼『人魚之淚』的交易權如何？我麾下的商會或許會想跟希嘉王國進行交易。」

「哦哦！能跟大國交易對我國來說也求之不得！請一定要推行這項交易！國王陛下！請您務必接受！」

其中一位大臣非常熱情，氣勢洶洶地向國王進諫。

「嗯、嗯，跟大國交易確實對我國有益呱，老夫對提供交易權一事沒有異議呱。然而，這件事對我國也有好處呱，不能算是對庫羅閣下的謝禮呱。」

雖然這樣就很夠了，國王遲遲不肯退讓。

「陛下，不能讓客人太過困擾喔。」

接著蛙人王妃前來調解，但國王依舊頑固。

此時我在王妃胸前發現了稀有的道具。

「那條項鍊上的寶石是暗石嗎？」

「哎呀，您看得出來嗎？這是使用了闇晶珠的防身用魔法道具。」

「對了呱，就去位於我國湖底的洞窟採──」

「——陛下！」

大臣們連忙制止說漏嘴的國王。

太過緊張的大臣們將國王壓到了地上，請你們快點起身讓開吧。

「我什麼都沒聽到。比起這個，王妃。可以讓我稍微看一下那條項鍊嗎？」

「雖然這是國寶——讓拯救國家的英雄看一下應該無所謂呢。」

「謝謝。」

我接過王妃遞過來的項鍊，仔細閱讀刻在暗石上的符文文字和刻在臺座上的魔法陣。

這是一種能釋放出暗系障壁的魔法道具。不只是攻擊魔法，就連火焰和酸液之類的攻擊應該也能擋住。因為已經弄懂大致上的構造，回去之後就用暗石或暗晶珠試作看看吧。

「真是優秀的防身道具。」

我這麼說著將項鍊還給王妃。

雖然對國王說謝禮這樣就足夠了，他似乎無論如何都想送出有實際形體的禮物，最終將據說是由王國有名的魔法道具師製作的水石工藝品送給了我。由於外型非常美觀，之後再拿去越後屋商店本店，請他們裝飾在大廳吧。

◆

「這是第五個國家？」

「不，是第六個國家了。」

離開蛙人王國之後，我們各花三天在樹海周邊的小國旅遊，如今終於來到最後一個國家——布萊布洛嘉王國。

要是接著繼續前進，接下來還有布拉伊南氏族的精靈所在的森林，但要是被喜歡研究的精靈們逮到，感覺會在那裡待上好幾個月，因此這次我不打算前去拜訪。

布萊布洛嘉王國雖然是矮精靈的國家，也有許多獸人和其他妖精族，不過這裡似乎沒有足不出戶的精靈們。

「這裡也會遇到魔族嗎？」

亞里沙露出厭煩的表情抱怨。

來這裡之前的五個國家全都有下級魔族在暗中伺機而動。

「不，這裡似乎沒問題。」

從地圖檢索看來，這裡似乎沒有魔族和魔王信奉者。

「長鼻子～？」

「是大象先生喲！波奇雖然沒看過長頸鹿先生，看過大象先生喲！」

這個國家似乎將大象用來運貨，飼養了相當大的數量。在希嘉王國時，這個國家的斯馬提特王子一行人也有使用大象。

我們沿著兩旁許多建築獨特到架構彷彿與植物合為一體的主要幹道前進，一邊品嘗似乎是當地名產的各式水果一邊大肆採購。雖然這些水果的尺寸大多很小，都非常香甜可口。

這裡也販售非常多種類的香草，好像還有香草專賣店。就連露天攤販販售的料理也加入了大量的香草，味道十分豐富。

「這個國家也很熱呢。果然是因為鄰近樹海的關係嗎？」

「大概吧。」

就算能透過都市核的力量調節氣候，也並非是在國境加上物理性質的隔閡，因此還是會受到周圍國家的氣象影響。

「漂亮。」

「是的，蜜雅。寶石和寶石工藝品種類豐富，我這麼告知道。」

這個國家對於寶石和銀的產量號稱大陸西南部第一，甚至還向希嘉王國出口各式各樣的寶石。

「真便宜呢。」

「大概是希嘉王國的三分之一左右吧？」

雖然店裡沒有擺放昂貴的商品，看起來都非常超值。

寶石經常用來製作魔法道具或進行鍊成，而且加工中產生的碎片的確非常廉價，因此晚點我打算大量採購。

「嗅嗅，有鹽的味道喲。」

波奇嗅了嗅鼻子，聞到了海水的氣味。

這個布萊布洛嘉王國鄰接大海。

「久違地吃點海鮮或許也不錯。」

「波奇來帶路喲！鹽的氣味是從這裡飄來的喲！」

波奇拉著我的手，朝港口的方向走去。

「主人，發現一艘似曾相識的船，我這麼報告道。」

娜娜找到一艘附有船槳、類似帆船的大型船隻。

「……鼬人。」

順風耳技能聽見莉薩忿忿不平的低語聲。

正如她所說，那是鼬帝國的商船，甲板上能看見許多鼬人商人和船員。儘管至今造訪的國家也有鼬人的旅行商人出入，我都巧妙地避免跟他們有所接觸。

當我猶豫該怎麼跟莉薩搭話時，一陣嘈雜的聲音從預料之外的方向傳了過來。

「啊——！是你們！」

我們回頭一看，發現是應該還在要塞都市阿卡緹雅的烏夏商會凱莉小姐。

「真是奇遇呢，凱莉子。」

「嗯，真是偶然——不對！別叫我凱莉子！我的名字是凱莉娜格蕾！禁止省略，也禁止加上奇怪的稱呼！」

凱莉小姐笑著回應亞里沙隨口說出的話，不過立刻就發現自己的名字被她用奇怪的方式稱呼，激動地要求修正。

「你們不是回去故鄉了嗎？」

「回去之前順路來這裡參觀了。要塞都市情況如何？」

我向凱莉小姐打聽蘿蘿的情況。

「你擔心蘿蘿對吧？那孩子沒問題喔。不僅有緹雅小姐在，還有小狗和魔巨人在保護她。當然，倉鼠孩子們也在。」

凱莉小姐露出一副「我知道你想問什麼」的表情，詳細地告訴我蘿蘿的情況。

「我說這不是佐藤嗎？」

這個國家的王子斯馬提特向正在敘舊的我們搭話，凱莉小姐的祕書托瑪莉特洛蕾小姐也跟在他身邊。

「唔嗯，你認識烏夏商會的千金嗎？」

「是的，殿下。她是我在要塞都市阿卡緹雅的生意對手。」

「等——！」

我的玩笑話使得凱莉小姐緊張起來，激動到蹦蹦跳跳地想摀住我的嘴巴。

「大小姐，現在在殿下面前喔。」

「可、可是，托瑪莉！」

托瑪莉特洛蕾小姐安撫凱莉小姐，使她冷靜下來。

「佐藤先生和殿下很熟嗎？」

「沒錯。佐藤可是余任命為惡作劇卿的人！」

斯馬提特王子回答她的問題。

「「惡作劇卿！」」

凱莉小姐和瑪莉特洛蕾小姐同時叫出聲。

這麼說來，對矮精靈來說，惡作劇卿的地位似乎很高？

「請原諒我的無禮，我不知道佐藤大人竟然是惡作劇卿大人……」

凱莉小姐低下頭，雙手緊緊握著裙襬。

「請別在意，我並不覺得無禮或是不愉快。」

凱莉小姐露出有些放心的表情，接著不知為何稍微掀起裙襬。

這是布萊布洛嘉王國版類似屈膝禮那種淑女禮儀嗎？

「請便？」

「怎麼了？」

「你打算掀裙子吧？」

——嗄？

「不掀嗎？」

「不掀。」

我斬釘截鐵地對仰頭看著我的凱莉小姐說。

我沒有興趣對年幼的少女惡作劇。更何況即使是開玩笑，只要我有想那麼做的舉動，就會被鐵壁組合判定為有罪。

「要是您不滿意大小姐，請掀我的裙子。」

這次輪到托瑪莉特洛蕾小姐掀起緊身裙的裙襬，露出嫵媚的眼神看著我。

「所以說，我不會掀。」

「你說什麼！惡作劇卿就該惡作劇！」

斯馬提特王子忿忿不平地說。

看來惡作劇卿似乎會惡作劇。

所以凱莉小姐和瑪莉特洛蕾小姐才會說出那種亂七八糟的話啊……

「比起這個，我有些事情想告訴王子您——」

為了轉移話題，我將魔族在周邊諸國暗中行動的事情轉告斯馬提特王子並做出警告。

之後我們帶著凱莉小姐一同前往王城，接受了斯馬提特王子和國王的款待。

宴會的主要料理是在希嘉王與宰相一起在午餐會上也享用過的「烤布萊布洛嘉大毛蟲」。這道菜完美地發揮原產地的實力，具有十分美妙的味道。雖然亞里沙在見到外觀時想要逃走，在被切成看不出原型的模樣後，面對出色的香氣和味道，她懊悔地又吃了一份。

當宴會進入後半、來到眾人離座致力於社交的時間後，布萊布洛嘉的王國官僚和大商人們輪流前來和身為斯馬提特王子客人的我們打招呼。

「許多外國人在見到大毛蟲後都會表現出厭惡感，但潘德拉剛卿從一開始就釋出善意，實在令人高興。」

「沒錯、沒錯。不愧是侍奉精靈蜜薩娜莉雅大人的人。」

「也難怪斯馬提特殿下會賜予閣下惡作劇卿的地位。」

光是好好享用料理就能讓他們從一開始就對我非常有好感，真令人開心。

為了善盡觀光副大臣的職責，我向他們請教布萊布洛嘉的名勝和特產等各式各樣的事情，他們甚至還介紹了不接待陌生人的高級餐廳給我。

「喋喋喋，潘德拉剛閣下還真受歡迎捏。」

一名鼬人商人用帶著黏稠感的說話方式加入對話。看他身上穿著不合時宜的悶熱服裝，應該是港口那艘大型船的相關人士吧。

「初次見面，潘德拉剛閣下。我是沙北商會的托里米索利，在鼬帝國的地吉麥島開設商店捏。」

「說到沙北商會，是在希嘉王國也有分店的那個？」

「是的。希嘉王國分店是由霍米姆多利大人掌管捏。」

果然跟在王都認識的，是同一家鼬人商會。

「您來這個國家也是為了販售載人型魔巨人和魔巨人的零件嗎？」

「喋喋喋，此外還帶了各式各樣的工業製品和淨化裝置捏。」

他的語助詞很令人在意，使我忍不住用ＡＲ確認他是否被魔族附身了。

——話說回來，工業製品？

「沙北商會的工業製品，每件品質都一模一樣，令人好奇是怎麼製作的。」

布萊布洛嘉王國的大臣雙手抱胸，用複雜的表情看著鼬商人。

「非常抱歉捏，就算您親自前往地吉麥島，想參觀工廠也必須得到治理地吉麥島的皇弟殿下允許才行捏。」

「唔嗯，果然是國家機密啊……該說不愧是能在大陸東方建立帝國的國家嗎？」

雖然我也想去參觀，感覺莉薩很不願意去鼬人的國家，暫時只能放棄了吧。

「話說回來，您說的淨化裝置是什麼呢？」

「是能夠淨化瘴氣的裝置捏。」

「感覺就像神聖魔法那樣嗎？」

「不不不，是透過祕密的方法將瘴氣吸進裝置內，藉此來除去周圍的瘴氣捏。消除累積的瘴氣和修理裝置都是免費的捏。」

「感覺在鄰接樹海迷宮的國家和要塞都市阿卡緹雅可以賣得不錯呢。」

「喋喋喋，當然。那些正是首要推銷地區捏。」

要塞都市已經有好幾個淨化裝置了，因此很難說究竟需不需要這種東西。更重要的是，那裡位於迷宮深處，感覺維修會很花力氣。

「潘德拉剛閣下——」

當鼬商人打算向我搭話時，大廳的燈光同時熄滅了。

四周雖然能聽見些許緊張的聲音，大多數人都發出歡呼，大概是某種活動吧。

「各位！有好好惡作劇嗎————！」

此時聚光燈聚集在一名在黑暗中身穿詭異打扮的矮妖精身上。

——真的假的。

那位帥氣大叔風格的男性似乎就是斯馬提特的父親——這個國家的國王。

「扔派的時間到嘍————！」

「喔喔喔喔喔喔喔喔喔喔喔喔喔！」

燈光再次亮起，桌上不知何時擺滿了鮮奶油派。

我閃過從右後方飛來的鮮奶油派，結果派直接砸中眼前鼬商人的臉。我後跳一步避免被四處飛濺的奶油噴到，接著移動到用盤子當盾牌且用燭臺從鮮奶油派的攻擊當中保護夥伴們的娜娜身邊。

「不可以拿食物來玩～？」

「說得沒錯喲！點心是用來吃的喲！」

小玉和波奇一一接住被娜娜擊落的鮮奶油派，莉薩則將它們收進妖精背包裡。

看來明天的點心就決定是鮮奶油派了。

「真是的，居然拿食物來玩，看來矮妖精的王需要反省呢。」

「嗯。」

蜜雅對忿忿不平的莉薩表示同意。

「雖然滿好吃的，但有些油膩耶。」

「原因會不會在做成鮮奶油的奶油上呢？」

亞里沙和露露正在試吃鮮奶油派。

——ＬＹＵＲＹＵ。

受鮮奶油派的香甜氣味吸引，溜溜從波奇的吊墜中現身。牠用身體接住坐墊大小的鮮奶油派，並將頭埋進去開始大快朵頤。

「味道甜得有點膩呢。應該用了糖漿，而不是砂糖吧？」

我一邊用「理力之手」支援娜娜，一邊試吃了一口。

鮮奶油派戰爭到了後半，其他人開始集中攻擊完全沒被打中的娜娜，但她直到最後身上都沒沾到半點鮮奶油，澈底地抵擋下來。

感動不已的國王說要賜予娜娜「防衛王」的稱號和勳章，然而到頭來被蜜雅和獸娘們以不能用食物來惡作劇當理由說教了一番。

嗯，他不是個會說出不敬罪的國王真是太好了。

我們在布萊布洛嘉王國觀光幾天，購買了大量的銀和寶石並處理完所有事務，還從斯馬提特王子介紹認識的商會那裡買到頂級的名產花茶葉，這趟觀光實在非常滿足。

「——蘿蘿她們的情況如何？」

當我使用空間魔法觀看要塞都市的情況時，亞里沙從後方向我詢問。

「今天也很有精神喔。」

勇者屋生意十分興隆。蘿蘿雖然也和員工們以及倉鼠孩子們一起忙得暈頭轉向，日子似乎過得非常充實。

縱然偶爾還是有一些愛找麻煩的傢伙上門，都被幼狼模式的費恩和曾擔任過冒險者的店員們趕跑了。遇到會濫用權力的人則交給特邦先生應付，如果他應付不來，緹雅小姐似乎就會幫忙商量或是伸出援手，所以應該不要緊。

「……差不多該離開樹海附近了吧。」

「嗯，是時候了。」

為了能隨時支援蘿蘿，我才會待在樹海附近的國家，看來不用繼續這樣過度守望她也沒關係了。

畢竟要是勇者屋或蘿蘿出了什麼意外，躲在蘿蘿影子裡的蝙蝠會通知我，所以差不多該回希嘉王國了。

幕間：大魔女

大魔女大人優雅的一天，從一杯紅茶開始。

「好了，今天也努力工作吧。」

她一邊俯瞰遠在下界的人們生活，一邊悠閒地放下紅茶，接著搖響業務開始的鈴鐺。

就像在等待這個聲音一般，大魔女的弟子們抱著文件衝了進來。

「緹雅大人！水源的赤化現象平復了。」

「太好了。那麼知道原因了嗎？」

「主要原因是迷宮的瘴氣。這上面有詳細的整理。」

「謝謝妳──原因是瘴氣淨化裝置近年老化嚴重的關係嗎？我記得之前好像有某個商會來推銷過吧？」

「是的，是沙北商會。要買一臺試用看看嗎？」

「說得也是呢。在現在的淨化裝置壞掉之前，先準備一臺試用應該比較好。」

緹雅命令其中一位弟子購買新裝置，繼續處理下一個事項。

「前往『城堡』內部的探索隊已經編列完畢，隊長由泰格先生擔任。」

「那樣就能放心了呢。陷阱大概還留著，記得提醒他要特別小心。」

「緹雅大人，莫羅克祭司似乎正在和死靈術士公會起爭執。」

「他為什麼還在啊！我暫時抽不開身，妳帶著警衛過去進行調解。」

「明白了，請交給我。」

在那之後，弟子們也絡繹不絕地前來向大魔女報告和進行討論。

即使過了中午，工作依然看不到盡頭，大魔女忙到連感到肚子餓的時間都沒有。

「緹雅大人，您差不多該休息一下了。」

首席弟子將輕食放在桌上對大魔女說。

「謝謝妳。時間已經這麼晚了嗎？」

「別說過了中午，已經到下午茶時間了。」

「唉呀呀，我都沒發現呢。」

大魔女一邊將加了許多肉的輕食放進嘴裡，一邊開著玩笑。

「唔嗯，今天也沒有魔族的氣息嗎……」

「魔族的入侵似乎已經告一段落了呢。牠們的目的是什麼呢？」

「誰知道？畢竟要塞都市有很多魔族感興趣的東西。」

大魔女聳了聳肩對首席弟子的問題打馬虎眼。

「比起這個，拜託妳的事情查到什麼了嗎？」

「將遺物交給贊札桑薩的，是一個餓狼級的鼠人冒險者。因為有目擊者所以追查到這裡還算簡單，那名鼠人已經在迷宮中身亡，因此沒能查到幕後黑手。」

「這樣啊，謝謝妳。」

大魔女一邊將剩下的輕食塞進嘴裡一邊思索。

（那大概跟使喚魔族前來的是同一夥人吧？刻意利用贊札桑薩的目的會是什麼呢？如果目的是邪神殿的魔王遺骸，應該沒必要特地盯上要塞都市才對……果然該把那件事當成在製造混亂比較好。既然如此，真正的目的肯定就是能夠從源泉吸取魔力的偽核才對。）

大魔女的手在空蕩蕩的盤子上不停游移。

首席弟子見狀一言不發地從道具箱裡拿出新的盤子進行交換。

（偽核的真面目是紫月核這件事，我甚至沒跟來往已久的首席弟子莉米說過。他們到底是從哪裡知道的呢……）

大魔女抓起輕食，一邊往嘴裡送一邊陷入沉思。

（比起這件事……當我有什麼萬一時，能夠繼承紫月核的只有身為我子孫的蘿蘿。必須將這件事告訴那個孩子才行——）

雖然大魔女煩惱到甚至停下將輕食送到嘴裡的動作，很快就得出結論。

（——還太早了。至少等到她交到男友，結婚生子之後再說也不遲。）

「緹雅大人，您怎麼了？」

「沒什麼。」

大魔女對擔心的弟子這麼說，並且將最後一塊輕食送進嘴裡。

（適合當蘿蘿伴侶的，目前大概只有佐藤先生吧？要塞都市的人族很少真是個難題，該怎麼做才能把他帶回這裡呢？他看起來似乎對權力和美色沒什麼興趣，刺激他的求知欲和好奇心會比較好嗎？）

大魔女準確地把握了佐藤的嗜好。

（木頭人跟晚熟的人之間很難擦出戀愛火花，事先準備特製的愛情藥會不會比較好？畢竟他們還年輕，只要有個契機，接下來就能輕鬆生出一兩個小孩吧？）

大魔女一邊喝著餐後的紅茶，一邊如此做出結論。

雖然對當事人來說這是多管閒事，她是認真這麼想。

「那麼，必須好好處理下午的工作才行，否則就沒時間去看蘿蘿了。」

鼓起幹勁的大魔女面前，送來了比早上多上一倍的文件。

「——莉米？」

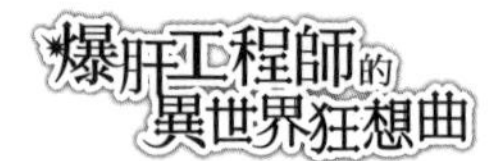

「只要處理完這些，明天就有時間出去玩了。」

「我知道了……」

大魔女露出靈魂即將從嘴裡跑出來的表情，開始著手處理文件堆。

看來今天的辦公室燈光也是直到深夜都不會熄滅了。

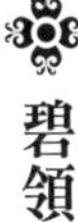

碧領

「我是佐藤。每當看到整潔的堤防一到夏天就會長出茂盛的雜草，總會感受到大自然的力量有多麼強大。如果是面對數十年來從未整理過的原野，甚至會讓人感到畏懼。」

「主人，我已經把移動範圍三十分鐘內的所有大型魔物全部解決了。」

「辛苦了。露露在那裡準備了輕食，去休息一下吧。」

我在用魔法「石製結構物」製作的塔旁邊，用「製作住宅」魔法一棟接一棟地量產用來當作兵舍的建築。

這裡是希嘉王國的西南方，遼闊無際的魔物領域——碧領。

因為原本隸屬希嘉八劍，也是我朋友的葛延先生差不多要到碧領的外圍了，所以我正在**稍微**整理變成廢墟的開拓據點。

先把看似臨時小屋的廢棄屋子拆掉，從被植物覆蓋的狹窄圍欄為中心向外拓展，將附近數十倍範圍內的樹木全部砍掉並進行整地，在那裡準備能夠容納葛延先生和犯罪奴隸部隊紫隊的建築，同時為了讓他們能夠自給自足，順便準備幾塊相當寬敞的農地和水井，還打造了供洗衣和排水用的水道並引入河水。

河川距離這裡有點遠，還棲息著連食人魚也會感到害怕的好戰魚類，不過感覺能夠當作糧食，因此我在事先蓋在水道上游的水壩設置了強力的驅趕魔物裝置。

「真是的，只要主人動手，開拓這個詞就會變得像開拓遊戲一樣簡單呢。」

當我為了預防有人掉進水道，使用土牆魔法迅速製造高約一公尺左右的圍牆時，亞里沙用無奈的語氣喃喃自語。

而亞里沙本人正在用空間魔法清理被我砍伐的樹木枝葉。

由蜜雅驅使的格諾莫絲正在一旁搬運樹枝，小希爾芙則負責清理葉子和垃圾。

「主人，有獵物喲！」

——LYURYU。

波奇和白龍溜溜拖著巨大的蛇型魔物回到這裡。

觀光期間一直躲在龍眠搖籃睡覺的白龍，也在察覺到戰鬥的氣息後立刻醒過來與波奇一起享受狩獵。真是的，實在很符合戰鬥生物的習性。

「主人～」

前去偵查的小玉回來了。

「已經差不多要到了～？」

「比預料中來得快呢。」

葛延先生一行人似乎已經抵達距離一座山的位置。

雖然兵舍的裝潰還沒搞定，可是像是簡易廁所、浴室和廚房等需要用水的地方，以及符合人數數量的簡易床舖都已經完成了，剩下的就請他們用堆積如山的圓木自己製作吧。

這裡距離碧領邊緣的小源泉很遠，因此魔力來源只有舊型的魔力爐，但以這種規模的人數來說應該不成問題。原本就有的據點用魔力障壁產生裝置也屬於舊型，不過我已經將它和魔力爐一起整修過，用起來應該跟新的沒兩樣才對。

「大家集合，該撤退嘍。」

在看似斥候的先遣部隊即將越過山頭的時候，我們已經將開拓基地建設完畢，撤退到被碧領的森林掩埋、距離相當遠的都市遺跡中了。

◆

「今天要去攻略位於北邊的帝王蛇巢穴。」

「摩拳擦掌～？」

「波奇的雙手也迫不及待了喲！」

——ＬＹＵＲＹＵ。

獸娘們穿著全套黃金鎧，跟白龍一起充滿了幹勁。

這裡是位於碧領中心的都市遺跡之一。之前在西南諸國觀光時，我試作了黃金裝備用的強化外裝，為了評估性能和測試運作，我決定開放給她們試用看看。

「主人今天也要改造都市遺跡嗎？」

「既然整地已經結束了，今天我會製作農地。」

我打算製作在旅行途中得到的木薯和玉米田，主要是給我們自己吃的。

感覺用魔法大概立刻就能完成，之後就去確認都市核的情況吧。

畢竟自從掌握都市核之後，我只下達開啟都市防衛機能的命令就放著不管了嘛。

「專心。飛空小艇的準備已經完成，我這麼告知道。」

娜娜在外觀看似氣墊船的超小型飛空艇上呼喚大家。

這臺汽車大小的飛空小艇是用剩下的零件和魔物素材迅速製作而成，當作往返狩獵場的交通工具。

「便當帶了嗎？要小心不要受傷喔。」

「嗯，完美。」

「主人的午餐我放在保溫庫裡，之後請記得吃喔。」

「謝謝妳，露露。」

夥伴們坐上飛空小艇，前往狩獵等級超過六十的頭目級魔物。

碧領裡到處都棲息著許多等級超過五十的魔物，因此為了讓夥伴們修行，我們暫時在此逗留。

我打算依序解放碧領裡還剩下的六座左右都市遺跡。

我一邊思考這種事，一邊用魔法「農地耕作」製作出廣大的農田，驅使迷你尺寸的魔巨人們在農地上種植木薯的苗和玉米粒。手掌大小的魔巨人忙於農活的模樣實在很療癒。

雖然能夠目測來指派魔巨人進行種植，如果要將農務全部交給它們處理，似乎還是必須用精靈們的魔法裝置來製作核心。儘管用魔法製造的魔巨人能夠應付戰鬥和單純的勞動，卻不擅長根據情況臨機應變地採取行動。

「田地這樣就搞定了。畢竟也想種點甘蔗，不然接下來就去解放氣溫稍微高一點的南部都市遺跡好了？」

我一邊自言自語，一邊前往都市核的房間。

一旦夥伴們不在身邊，我就會忍不住自言自語呢。

『主人，你好像不在據點裡，你上哪兒去了？』

亞里沙的「無限遠話」傳了過來。

多虧身上帶著遠話用的標記刻印板，無論跟對方相距多遠都能順利進行通信。

「我在其他都市遺跡裡。因為有需要的東西，所以就來回收了。」

調查過碧領據點的都市核之後，我發現這個都市遺跡的地下存在可以存放與生產能進行輕度勞力作業的「活動雕像」，以及對其進行調整的設施，於是前來確認。

當我將解放了一個都市，並讓地下設施復活的事告訴亞里沙之後——

『咦——！做這麼有趣的事情，怎麼能不找我們啊！』

『抱歉、抱歉。我本來只是想過來回收一下而已。』

◆

雖然庫存接近一千座的雕像大多都被捲入天花板崩塌，導致長期保存用的固定化魔法解除而損毀，在回收砂石和瓦礫進行確認之後，發現還有約七十座左右的雕像維持能直接拿來用的良好狀態。

剩下的超過一半身體部分都有損傷，不過只要維修就能使用，其他的也能將核心部分拿來利用。儘管生產系統已經壞了，在跟精靈師傅們商量過後，他們似乎願意幫我確認是否能夠修理。據說大概沒問題，因此我有些期待。

至於調整系統稍微修理一下就能運作，於是我將完好的五十座裝上務農程式。正當我在幫剩下的二十座安裝清掃程式時，亞里沙傳來了通話。

『到傍晚之前你一直都在做這件事？』

「已經傍晚了嗎……」

因為過於專心，以至於忘了時間。

「抱歉、抱歉。我馬上回去。」

我向亞里沙道歉後，委託調整系統對雕像們重新編序程式，接著使用「歸還轉移」返回據點。

當然，我還啟動了都市遺跡的防禦系統，以防止再次被魔物支配。

其他的都市遺跡地下似乎也有魚類養殖系統或保存食品生產工廠之類的設施，我打算明天之後跟夥伴們一起去看看並將其解放。

「我回來了。」

「肥來啦～」

「歡迎回來喲！」

回到據點後，小玉和波奇立刻撲向我。

慢了一點的蜜雅和其他孩子也跑了過來。

「有很多土產喲！」

「也有影石～？」

小玉高舉一顆碩大的影石。

「還挺大顆的耶。這是怎麼回事？」

雖然曾經在魔物身上採到其他屬性石，從來沒有得到過影石。

「移動時在山谷發現的。」

「山谷一片漆黑，立刻就發現了，我這麼報告道。」

「還以為是石炭的礦脈或暗石，調查之後才發現是影石。」

「有很多喔～」

小玉從妖精背包裡嘩啦嘩啦地拿出一堆影石。

「從往返時見到的狀況看來，能生成影石的似乎是一整天都會有影子的地方。」

那樣的話應該能在洞窟裡採到很多才對，可是從來沒見到過。

應該還存在其他條件吧。

「既然忍術會用到，那小玉要不要留在身上？」

「喵～小玉只要有這些就夠了～？」

小玉只拿走幾十顆小石頭尺寸的影石，以及一顆拳頭大小的影石。

「全部拿走也沒關係喔？」

「喵？有這些就夠了～？」

「知道了。我先幫小玉保管，需要的時候記得要說喔。」

「系。」

畢竟屬性石似乎很難保管，還是留在儲倉裡吧。

——對了。

就利用把水石變成水晶珠的要領將影石升級成影晶珠，再組裝進小玉的黃金鎧裡吧。

這麼一來就能隨時使用影魔法——不對，使用影系忍術了，應該會很方便吧。

由於想到這件事，導致今天我也致力於更新黃金鎧而忙了個通宵。

一旦有個能立即消除疲勞且睡眠時間很短也無妨的身體，就會忍不住以興趣為優先呢。

◆

「貝西摩斯——天變地異。」

接到蜜雅命令的貝西摩斯切開大地，喚來暴雨般的轟雷。

巨大的頭目級魔物及其眷屬遭到地面的裂痕吞噬，被地底噴出的岩漿焚燒而失去性命。

自從小玉的黃金鎧改造完畢後過了三天，剩下的五個都市遺跡也都解放完畢。今天我將故障的地下設施交給精靈們修理，和蜜雅一起出門。

另外，本來我也該一起參與修理地下設施才對，但來的不光是波爾艾南氏族的精靈，不知為何連喜歡研究的布拉伊南氏族和貝里烏南氏族都跑了過來。他們開心地開始進行修理和魔改造，甚至到了沒有我插手餘地的地步。

正當我有些不甘心地看著他們時，蜜雅跑了過來，希望我能幫忙因為需求經驗值較多，已經跟其他孩子拉開等級差距的她調整等級，因此我們才會像這樣兩人一起外出。

「勝利。」

蜜雅對貝西摩斯擺出勝利手勢。

狩獵的過程基本上都是由蜜雅召喚貝西摩斯展開蹂躪。

貝西摩斯似乎也被視為隊伍的成員，蜜雅順利地得到了經驗值。

「去下個地方吧。」

「嗯，等一下。」

當我準備抱起蜜雅用天驅移動時，她像是發現到什麼似的要求我等一下。

看來是找到看起來很好吃的蘑菇。

「佐藤，手。」

我依照蜜雅的要求，跟她牽手一起走近蘑菇的生長地。

——咦？

眼前的視野突然改變。

前方出現至今為止都不存在的遺跡。

我迅速朝地圖看一眼，發現這裡不是碧領的地圖，而是變成「異界：被切下的大地」。

「佐藤？」

「蜜雅，我們慢慢往後退。」

「嗯。」

蜜雅緊握著我的手，緩緩向後退。

「回來了。」

光是後退一步就回到原本的空間。

儘管我仔細進行了觀察，卻沒有發現像是扭曲空間的次元裂縫，或者是轉移陷阱之類的東西。

我在地圖的現在位置加上標誌，同時設置刻印板。

接著我這次獨自進入異空間，試著確認能否透過歸還轉移返回。

「脫離不成問題嗎——」

稍微想了一會兒之後，我詢問蜜雅：

「——要試著探險看看嗎？」

「嗯，走吧。」

跟我在一起的話，無論遇到什麼狀況我都能保護她，而且還有擬似精靈充當護衛，萬一走散了也沒問題。況且就算遇到緊急情況，只要在承擔風險的情況下使用單位配置，無論在哪裡都能逃走。

於是我牽著蜜雅的手進入異空間。

雖然森林和地形跟剛剛所待的碧領一模一樣，除了遺跡以外，都微妙地有些不同。

差異就像在玩大家來找碴那般微妙，就像是為了讓**很久以前複製**的地形維持現狀所導致的微小差異。

「範圍究竟有多大呢？」

因為無法使用地圖，我試著隨便找顆石頭全力扔出，卻沒有碰到牆壁的感覺。就算浮上空中透過魔法「光線」來測量，也沒有命中物體的感覺。看來這裡的範圍少說也有數十公里，至少比我用的「海市蜃樓」內部空間還要來得寬廣。

「要去遺跡嗎？」

「說得也是呢。」

遺跡的樣式與拉拉其埃和孚魯帝國都不一樣。

我試著搜尋手邊的資料，發現在「睿智之塔」得到的情報記載了類似的內容。根據資料來看，似乎比較接近拉拉其埃王國之後興起的文明樣式。

我將得知的情報告訴蜜雅的同時繼續往前走。

由於巨大的貝西摩斯無法跟來，蜜雅重新召喚了希爾芙與我們同行。

「魔巨人？」

「不，那應該只是普通的石像。」

在連接遺跡正門的向上樓梯前豎立著一根高達十公尺的柱子，其底部放著一座高度約有柱子一半的守衛石像。

「精靈。」

蜜雅用銀色的瞳孔指著守衛。

我也發動精靈視看了過去，才知道守衛的四周圍繞著一群精靈。

下個瞬間，不知道從哪兒冒出來的金黃色繃帶纏住石像，變得像是黃金木乃伊男的石像表面轉化成類似玻璃的質感。儘管不清楚詳情，那是奧利哈鋼合金的一種。

雖然不知道是什麼原理，由於這種繃帶奧利哈鋼感覺很實用，如果可以的話，真希望能得到樣品。

「動了。」

石像流暢地站了起來。

不久前還是石像，現在卻變成名為守護者的魔創生物。

明明具有玻璃般的質感，類似衣服和斗篷的部分卻能像纖維一般柔順地擺動。

『排除入侵者。』

石像用古代語說出危險的話。

當它動起來的時候，雷達上就出現光點，原本白色的光點現在變成了紅色。

「消失了。」

——察覺危機。

我抱起蜜雅，用縮地離開現場。

下個瞬間，我們原本所在的位置突然下陷，能在煙塵中瞬間看見石像揮下拳頭的身影。

看來那個石像擁有類似光學迷彩的機能。

不過，無論擁有什麼樣的迷彩，我連透明的對手都能隱約看到輪廓，雷達上也顯示著紅色光點，根本是一清二楚。

「而且——」

雖然它移動的速度很快，並非快到看不見。

等級約在五十左右，但是以蜜雅的對手來說有些快過頭了，於是我用縮地拉開距離，並使用魔法「爆縮」乾脆地將其解決。

令人驚訝的是，覆蓋在石像身上那層玻璃質感的奧利哈鋼居然還保有原型。

與看起來脆弱的外觀相反，堅固程度似乎與一般的奧利哈鋼一模一樣。

要是正常地用武器與它交戰，或許出乎意料地難纏也說不定呢。

「看來這裡不是個安全的地方。」

「嗯，警戒。」

由於蜜雅好像不打算折返，我便決定繼續探險。

畢竟石像活動之前似乎會出現在雷達上，只要不掉以輕心就沒問題了吧。

「外面明明是石製的，裡面卻似乎不同呢。」

「嗯，莊嚴。」

無論是挑高的天花板，還是刻在牆壁和柱子表面的精緻浮雕，都給人一股類似宗教設施的莊嚴氣息。

裡面四處都擺放著跟入口一樣的石像，因此我在它們有動作之前用「理力之手」將其抓住並處以送入儲倉之刑。在開始行動前，它們似乎只是普通的石像。

臺座裡收納著似乎是備用的金黃色綳帶型奧利哈鋼，我便將其連同安裝用的魔法裝置一起收進儲倉。這些綳帶感覺有不少地方能派上用場，光是這樣就已經很有收穫了。

「佐藤。」

蜜雅手指的方向有一幅壁畫。

壁畫的左右兩側描繪著浮在空中的巨大陸地，鯨魚和城堡在兩邊的陸地上空互相發射光線，試圖擊碎對方障壁的圖。因為距離很遠看不太清楚，但好像有類似魔族的生物和飛空艇也加入戰局。

「拉拉其埃？」

「滿像的呢。」

其中一邊的陸地與拉拉其埃非常相似。

拉拉其埃那一側的浮游城，和海龍諸島上的都市岩，或是位於魔導王國拉拉基上的城堡很相似。

「看這個。」

「好像寫了什麼呢。」

上面用古代語寫著「對抗被愚神支配的邪帝國拉拉其埃的解放軍」，大概是壁畫的標題吧。依照這個寫法看來，這裡似乎是跟拉拉其埃王朝交戰的「狗頭魔王」那方軍隊留下的遺跡。看來他們將自己稱為「解放軍」。

在愚神云云的文字旁邊，寫著像是在說明壁畫的內容。

「唸出來。」

因為蜜雅提出要求，我將說明唸了出來。

畫在神之浮島拉拉其埃對岸的，好像叫做浮游要塞阿爾卡迪亞。

「阿卡緹雅？」

「不是喔，蜜雅。是浮游要塞阿爾卡迪亞。」

蜜雅誤聽成要塞都市的名字，於是我進行訂正。

阿爾卡迪亞好像是理想鄉的名字？我也聯想到了舉起自由旗幟的宇宙海賊船，可是如果取名的是轉生者，感覺兩種都有可能。

「黑煙島？」

「妳是指武士大將他們所在的島？」

「嗯。」

原本想詢問蜜雅突然講出這個名字的理由，不過我在開口之前就想起來了。

這麼說來，那些攻進黑煙島的惡徒在找的應該就是「浮游要塞」。當時雖然沒有出現阿爾卡迪亞這個名稱，我想就是指這個吧。

接著我和蜜雅一起一邊回收石像，一邊在遺跡裡探險。

途中也找到許多描繪當時情況的壁畫。因為是拉拉其埃敵對方留下的東西，所以或許很理所當然，可是大多都是描寫拉拉其埃的暴政，或是投身解放軍的人們在故鄉過著艱苦生活的內容。

「圖畫。」

「從這裡開始畫的時代不一樣嗎？」

或許是由後世的人所繪製的，用的顏料種類和畫布類型似乎有所不同。固定化的術式似乎快要失效了，畫作的劣化非常嚴重。

儘管覺得應該是在畫解放軍的名人，能夠分辨出長相的只有狗頭。

「魔王。」

我對蜜雅的喃喃自語點了點頭。

他自從被畫在這幅畫上的時候開始，似乎就一直是在賽利維拉與我們相遇時的打扮。

「小孩？」

「是父女嗎——」

裝飾在狗頭旁邊的畫作上，畫著身穿黑色套裝的男性和三個小女孩。男性的臉部上半早已因為劣化脫落，下半部也只能看出他留著鬍子和有著清晰下巴的輪廓。

然而，讓我說不出話的並不是男性，而是小女孩的髮色。她們的頭髮呈現類似盧莫克王國梅妮雅公主的粉紅色，令人在意究竟是巧合，還是她們與盧莫克王國的王族有所關聯。

倒不如說，如果是像亞里沙那樣的紫色頭髮，還比較不會讓我產生不對勁。

「唸出來。」

「呃——這個上面寫著『尊重自由的解放神與其使徒』呢。」

從畫作擺放的順序和傾向看來，他應該是解放軍地位最高的人。是比被人稱作邪神的狗頭更加上位的存在，也就是被狗頭稱作「吾主」的人物吧。

「魔神？」

蜜雅抬頭看著我，我緩緩地點頭同意她說出的話。雖然急著下定論不是件好事，從手邊的情報看來沒有除此之外的答案。

「話說回來，『自由』嗎——」

魔王信奉團體會以「自由」當作名稱開頭，或許跟那個時代的話語有關也說不定。

前往東方觀光時就去一趟盧莫克王國，調查「解放神」和「使徒們」之間的關係吧。

「有點猶豫要不要繼續走下去呢。」

「唔？」

「這幅畫的背面有隱藏通道，或者該說是隱藏轉移陣。」

雖然不太清楚啟動方法，轉移陣的對面似乎隱藏什麼重要的東西。

「這樣啊。」

蜜雅對四周左顧右盼起來。

「佐藤，上面寫了字。」

她睜大銀色的瞳孔，說出比平常更多的話。

「真的耶——是日文？」

發動精靈視之後，我也看見文字了。

縱然能看到一些平假名和漢字，排列方式雜亂無章以至於不明白其中含意。

隨後我試著輪流發動瘴氣視和魔力視看了一下，眼前出現了和發動精靈視時不同的文字。雖然還存在一些缺漏，勉強能看得懂——呃，這個是壽限無（註：壽限無是日本傳統藝能「落語」的代表性題目，類似中文的繞口令）嗎？

當我嘗試唸出壽限無之後，圖畫背面的轉移陣開始閃爍，同時腳下開始浮現與其相對的魔法陣。

和預料中的一樣是轉移系，於是我為了防止走散而抱起蜜雅，等待轉移發生。

「好像是剛剛那個地方的地底下呢。」

我這麼說完之後過了一會兒，昏暗的地下空間開始逐漸明亮起來。

「浮游岩石。」

在離我們稍遠的另一端飄著一顆巨大的岩石塊。

大到即使距離很遠也能隱約看見的那個東西，就是能和「神之浮島」拉拉其埃匹敵的巨大浮游島——不，那似乎正是浮游要塞阿爾卡迪亞。

跟曾經是漂浮都市的拉拉其埃不同，它具有純粹用於軍事用途的粗獷外表。

「……威脅。」

「是啊。」

雖然不知道上面搭載什麼樣的超級兵器，要是這種危險物品落入魔王信奉團體的手中，那就是世界的危機了。

我用天驅來到浮游要塞的底部，將它收進儲倉之中。

與此同時，一陣強風吹向地下空洞的中心。

——呃，糟糕。

小型的浮游岩石隨著巨大質量消失產生的暴風飛了過來。

我用迅速設置的魔法「防禦壁」擋了下來。

「唔。」

「抱歉、抱歉。」

我一邊道歉，一邊溫柔地幫蜜雅整理被風吹亂的頭髮。

不久之後暴風停息，我便前去將被吸引到地下空洞中心的浮游岩石收進儲倉。這個是伴手禮，要給正在越後屋商會研究「浮游岩」的博士。

「佐藤，通道。」

蜜雅指著的通道前方有個類似機庫的地方，裡面堆放大量浮游要塞的部件和類似搭載兵器的東西，於是我也依序將它們回收。

因為地下沒有發現類似資料或研究書之類的東西，我便和蜜雅一起透過剛剛的轉移陣返回遺跡，一邊回收石像一邊逛起剩下的地方。

雖然紙類物品已經風化、變得像沙子一樣，還是留下許多看似當時紀錄的黏土板或石碑，所以我一一記錄下來。

另外，除了剛剛的圖畫之外，沒有其他解放神的痕跡。

「——漂亮。」

走出遺跡之後，我們來到豎立許多玻璃般透明柱子的庭院。

縱然乍看之下像是無色透明的玻璃，根據ＡＲ顯示，那似乎跟包覆石像的特殊奧利哈根合金屬於同種物質。

「魔法陣？」

「也有像是魔法程式碼的東西呢。」

放在最前面的石碑上大大地用古代語寫著「為了向愚神報一箭之仇」，其後方豎立的大量柱子則刻著魔法陣或複雜詭異的魔法理論。

「看得懂？」

「沒辦法立刻看懂呢。」

上面到處都是現今魔法理論無法知曉的原理和符文。

儘管相當難以理解，依照第一根石碑上寫的文字看來，很有可能是類似對神魔法一類的東西。因為也有觸犯眾神禁忌的危險性，在跟人商量之前還是儘量獨自進行調查吧。

另外回到據點之後，我和蜜雅兩個人一起去探險的事被發現，挨了亞里沙一頓罵。

下次還是先集合大家再去探險吧。

◆

與蜜雅一起前往遺跡探險的兩天後，我和夥伴們一起來到離據點很遠的碧領三號都市遺跡。這裡靠近海邊，海水氣味十分濃厚。

我們很早就來到這裡，但由於亞里沙她們發現附近的海岸有類似飛地的街道遺跡，我在她們的要求下打造了私人海灘和度假設施，導致此行本來的目的——測試新裝備到了午後才開始進行。

「情況如何？」

「視野良好～？」

「這個非常棒呢。」

「是的喲！非常非常Great喲！」

我試著將在異空間庭院發現、類似玻璃的透明奧利哈鋼合金挪用到黃金鎧的頭盔上，因為回收的資料中有這項素材的製作方式。很遺憾，由於沒有找到繃帶奧利哈鋼的資料，必須以樣本為基礎展開研究。

「哦～可以改變透明度呢。」

後衛陣容的黃金鎧頭部原本是用頭紗，因此我試著改成了護目鏡類型。

亞里沙在第一眼見到的時候說了「感覺就像穿著水手服戰鬥的水星美少女戰士一樣」這種話，但我認為沒那麼像。

「幾乎沒有壓迫感，感覺會連自己戴著東西都忘了呢。」

這也能讓透明的頭盔恢復成金色，或是像單向透視玻璃一樣只讓內側變成透明。狀態變化需要複雜的魔力訊號，因此不必擔心不小心注入魔力導致失去視野的情況。

最重要的是可以確認夥伴們修行中的表情，能夠儘早發現她們是否快累倒或是身體不舒服，我個人在這方面給予很高的評價。

「主人，透明的盾牌感覺很容易壞掉很可怕，我這麼告知道。」

「我明白了，盾牌還是用舊的吧。」

我讓娜娜將透明盾牌收進妖精背包裡當作備用品。

「可是，主人。如果只是要讓我們看這個，應該不需要特地從據點移動到這裡來吧？」

「不，接下來才是過來這裡的主要目的喔。」

我從儲倉裡拿出黃金裝備的強化外掛組件，逐一排放在防水墊上。

「哦哦！好帥！是強化外裝呢！」

亞里沙看著這些零件叫出聲。

「這個看起來像是能讓宇宙世紀三臺黑色機器人排成一列移動的腿部零件是什麼？」

「正如妳看到的，是浮空移動用的組件喔。」

畢竟要是底盤做得太小，穩定性就會變差，難以維持平衡嘛。

「這個是飛行組件。因為是移動用的，所以大概不能用來打空中戰。」

由於獸娘們的空步有高度限制，因此我試著做了前往狩獵場用的零件。要是一直裝著折疊式翅膀，反而會礙事。

「這個是空力機關，我這麼告知道。」

「那也是飛行組件，是使用了空力機關的類型。翅膀很小，轉彎時很靈活。」

是類似游泳圈的形狀。

「兩種？」

「因為要測試性能，所以我做了很多不同的種類。」

我回答蜜雅的問題。

「這裡是槍擊組件，分成前衛陣容用和露露用兩個種類。」

我將小口徑化的輝焰槍裝成格林機砲的形狀，使其能夠連發。

會分成兩個種類是因為她們的黃金裝備形狀不一樣，而且露露用的裝備沒有加裝瞄準輔助裝置。

「重裝備版的砲擊組件是攻擊像陶洛斯城那種據點時使用的。是將搭載大量砲身和自動誘導型小型噴進彈的彈艙——」

「唔哈——！是全裝甲呢！是要做成全裝甲對吧！」

「不，亞里沙。裝甲厚度沒有變化，我這麼告知道。」

「不是啦！這種裝備就是該用全裝甲之類的方式命名啊！」

「約定俗成～？」

「沒錯喲！妳很懂嘛，小玉！」

「波奇也知道喲！約定俗成很重要喲！」

「是的，波奇。約定俗成清單開始更新。」

我無視亞里沙的文化侵襲危機，繼續說明其他裝備。

像是能透過外部魔力輔助娜娜發動城堡，能夠輕易使用類似方陣那種防禦障壁的重裝甲組件；給波奇用的斬擊強化組件、給小玉用的隱密組件、給莉薩用的輔助突擊推進器組件；突擊推進器組件，我也準備了會放出「加速門」的版本。

還有給亞里沙和蜜雅用的護身結界組件，以及依照亞里沙的要求製作、能自動浮在空中迎擊嘍囉的漏斗型和放熱板型自動迎擊組件等，準備了許多不同的款式。因為上級術理魔法中存在具備同樣功能的魔法，我便照搬了那個架構。

另外，由於單一方陣在跟樹皮的上級魔族交戰時能力不足，我準備了能同時連續設置三個方陣的連裝方陣。因為裝填數比起以往大幅減少，我猶豫是否該拿來當成標準配備。

我在製作這個的時候也試作了手環型的方陣啟動裝置，不過只有我和蜜雅兩人能夠在沒有外部魔力的情況下使用——其他人則連亞里沙都做不到，看來還有很多改良空間。

「主人，雖然我知道你是為了實驗才來這裡的。」

決定好測試順序之後，亞里沙這麼對我說：

「不過難得開墾好的農地會被弄亂，沒關係嗎？」

「還沒開始種植，所以無所謂。」

畢竟現在土壤十分鬆軟，連小石頭都找不到，即使跌倒也不會受傷。而且就算被弄亂，只要再用魔法整地就好。

「那麼就先從浮空組件開始吧。」

這是給前衛的黃金鎧用組件，因此由體重很輕的小玉來進行測試。

只要靠近鎧甲的接縫處，組件就會像磁鐵般吸附且完美貼合。因為是應用空間魔法的系統，只要不啟動專用的斥力場就不會脫落。上面也有因應故障發生的強制拆除機構。

「哇喔～」

一開始小玉還搖搖晃晃的，但很快就掌握好浮空移動的訣竅，變得能夠進行高速移動。

「好厲害喲！波奇也要試試——」

「——啊。」

波奇興奮地跳了出去，卻由於太過心急導致臉直接撞上地面，滾了一圈後停了下來。

「嚇了一跳喲！波奇不會再失敗了——」

這次則因為太過害怕，導致腳先起飛，身體翻了一圈後腦勺撞上地面。

雖說黃金鎧很能吸收衝擊，選用柔軟的農地來進行測試真是太好了。

「沒事吧？」

「沒事喲！波奇**永不縫棄**喲！」

第三次因為有小玉的幫助，波奇也順利開始進行浮空移動。莉薩和娜娜雖然沒有波奇那麼誇張，還是苦戰了一番才掌握浮空移動。

「感覺如何？」

「移動非常方便。不過一直裝著的話，內側底盤的突起感覺會妨礙戰鬥。」

「那麼，暫時就用來長距離移動吧？」

只要設計成移動後能夠隨時強制脫離就行了。

「飛行組件方面比起噴氣式，還是空力機關式比較好用吧？」

「是啊。畢竟噴氣式雖然速度快，卻不能停在空中。」

「雖然那也是原因之一，要是對航空力學沒有一定程度的了解，噴氣式會很危險喔。」

噴氣式的確比較快，但空力機關式的穩定性很高。那就設法將兩種都搭載上去，改良成只在高速移動時使用噴氣機關吧。

「砲擊模組就拜託妳用瞄準目標的感覺試試看。」

「是的，主人。我會依序檢查武裝，我這麼告知道。」

娜娜右手的格林機砲射出雨點般的火焰彈，接二連三地摧毀打算接近的小鬼型魔巨人。接著左手的大口徑砲發出轟鳴聲，一擊將從小鬼型魔巨人背後出現的大鬼型魔巨人身體射出一個大洞。速射砲的單發威力是輝焰槍的一半，大口徑砲則有輝焰槍兩倍左右的攻擊力。

「後座力如何？」

「左手正常，右手有點麻痺，我這麼告知道。」

是連發機構的關係嗎？

「接下來測試一下背部的。」

「是的，主人。將用擴散彈瞄準巨獸型魔巨人，我這麼告知道。」

伴隨「轟隆」的沉重聲響，娜娜背上的巨砲射出光彈，在巨獸級的眼前炸開。擴散的火彈焚燒巨獸級的表皮，將跟在身邊的小鬼型魔巨人一掃而空。

「確認巨獸級依然健在，將使用徹甲彈，我這麼宣言道。」

娜娜背上的巨砲再次發出聲響，射出的光彈描繪出螺旋的軌跡，擊中了巨獸級的額頭。

下個瞬間，巨獸級的頭部往後搖晃，頸部以上的部位噴濺出火光且四散崩塌。

「——擊破，我這麼告知道。」

背上的巨砲是將露露的輝焰槍口徑和威力增大之後的產物，徹甲彈的威力甚至有輝焰槍的五倍。

「最後用噴進彈試試看。」

「是的，主人。安全裝置解除，保護罩脫離——」

娜娜肩膀和膝蓋上的保護罩彈開，從中能見到小瓶子尺寸的小型噴進彈。

「——視線同步瞄準系統切換到噴進彈上——瞄準完畢，發射，我這麼告知道。」

小型噴進彈前端的鏡面部分閃了一下表示瞄準完畢，接著在娜娜下達發射指令的同時隨著劃破空氣的聲音飛出彈艙，立刻拖著煙霧不斷加速朝目標飛了過去。

噴進彈追蹤逃跑的目標同時迴避目標的迎擊，最終擊中目標爆發出劇烈的火光。

「就是這個！這種充滿特技感的軌道真讓人無法自拔！果然飛彈齊射就得這樣！」

亞里沙顯得非常亢奮。哎，我能體會她的心情。

繼娜娜之後，接下來換露露測試砲擊組件。

「感覺如何？」

「雖然威力驚人，由於體積龐大沉重，敵人接近時感覺會很難應付。希望能將背上這挺巨砲改成類似輝焰槍的攜帶式兵器。」

「露露覺得飛彈怎麼樣？」

「噴出的煙會擋住視線，我想還是用槍連射比較好吧？」

儘管娜娜感覺很中意，露露似乎不太喜歡。

我跟露露約好會將巨砲改造成攜帶式的重輝焰槍。

「可是，那樣不就沒辦法用來狩獵小嘍囉了嗎？」

「嗯……既然如此，我認為雙手都配備右手那種迴轉速射砲，就能提高殲滅速度。」

「是的，露露。贊成這個提議，我這麼告知道。」

唔嗯，畢竟攻略據點用亞里沙的魔法或蜜雅的擬似精靈比較有效率，改成雙手都裝備格林機砲，重視區域壓制的類型或許比較好。

「那麼，讓我們繼續下去吧！」

我們在亞里沙與高采烈的發號施令下不斷進行測試。

雖然試了許多組件裝備，結果有一半左右因為沒有實用性而打入冷宮，採用的裝備也並非直接沿用，而是需要進一步的改良。

不，莉薩的突擊輔助推進器和加速門似乎不需要改良，而是其他前衛也提出了想要的要求。前衛的強化外裝統一規格會比較好嗎？

「——魔刃暴風喲！」

波奇試圖使用強化外裝來創造出由「魔刃旋風」衍生的必殺技，然而似乎並不順利。

「天旋地轉喲～」

「波奇～」

小玉跑到暈頭轉向的波奇身邊。

那似乎是一招不斷旋轉，用魔刃旋風放出斬擊的招式。不過波奇總會在中途失去平衡，導致刀刃碰到地面被彈飛或浮到半空中。

「主人，波奇的事就交給我和小玉吧。」

見到我因為擔心而中斷測試後，莉薩這麼對我說。

畢竟波奇似乎是拿練習用的未開封聖劍，這裡就相信莉薩，交給她們負責吧。

「測試到哪裡了？」

「護衛裝備的測試剛結束。雖然護衛裝備也很浪漫，強化外裝果然還是用來輔助禁咒之類的東西比較好。」

「嗯，一擊必殺。」

「類似透過外部魔力增強威力的感覺嗎？」

「嗯，我覺得那樣比較好。」

我將聽到的內容記錄在記事本上。

「另外，我想要用來施展禁咒和長距離砲擊用的法杖。」

「光是晶枝法杖不夠用嗎？」

「我想要再稍微長一點的。」

「嗯，魔力漩渦。」

「發動禁咒時魔力會形成漩渦，為了避免受到影響，我想讓基點離自己遠一點。」

原來如此，是這麼回事啊。

「我知道了。不過單純的長杖又重又不好拿，得想點辦法才行。」

「使用在浮游盾上的系統怎麼樣？」

「我覺得那個系統會在使用法杖時造成多餘的影響喔。」

「啊～太長的話，也必須考慮到那方面才行嗎～」

「三腳。」

蜜雅用樹枝擺成三腳架，將自己的長杖放上去擺好姿勢。

「雖然單純，感覺似乎是最適合的？」

「說得也是呢。不過光是支撐，應該一根支架就夠了。就把兩種都做出來，看哪一種比較方便吧。」

在水母事件時回收的世界樹晶枝還有很多，就算要做成一公里的長度也綽綽有餘。不過那麼做就誇張過頭了，上限就設定在三到五公尺左右吧。

「另外……有沒有能幫助魔力恢復的裝備？還有啊，如果能夠回收使用上級攻擊魔法和禁咒浪費的殘留魔力，我會很高興。」

「殘留魔力？」

「嗯。那個叫做白色惡魔的人不是很擅長嗎？」

亞里沙提出與動畫有關的話題，試圖讓我想到相同的畫面。

既然與魔法有關，那麼應該不是聯邦，而是管理局吧。

應該能解釋成想要收集多餘魔力，用在下一次的攻擊上。

「雖然知道妳想做什麼，可是會放出這麼多殘留魔力嗎？」

「試試看？」

亞里沙指著天空說。

因為魔力還有剩，我請她朝天空發射「火焰地獄」。

接著我發動魔力視觀察情況。

「——殘留魔力確實形成漩渦了呢。」

我對亞里沙施展「魔力轉讓」使得魔力計量表出現空白，隨後試著朝殘留魔力形成漩渦的地方伸出手。

——好像可以？

因為隱約有這種感覺，我用從道具吸取魔力的方法試了一下，結果成功了。

「呃，真的假的？」

「不合理。」

亞里沙和蜜雅露出驚訝的表情看著我。

不過，既然連從道具都能吸取，足以在空中形成漩渦的高濃度殘留魔力當然也沒問題。

「總而言之，既然已經知道方法了，我會試著開發能重現剛剛那種功能的道具。」

「拜託你嘍。」

「嗯，期待。」

就依序用能夠吸取魔力的魔物素材來測試看看吧？

不光是後衛們，當成給娜娜斬斷魔法的武器素材或許也不錯。畢竟將魔法斬斷之後再回收分散的魔力，有種浪漫感嘛。

「波奇也想要居合拔刀用的刀喲！」

「波奇，奢侈是敵人喔。」

「明明莉薩也拿到很多長槍了喲？」

被波奇說到痛處，莉薩只能尷尬地咳了咳說：「這跟那是兩碼事。」這種牽強的藉口。

「沒關係，莉薩。之前在黑煙島給妳的刀不好用嗎？」

波奇在武士大將底下修行時，我送了她一把長度與脇差不相上下的短打刀當作禮物。因為之前的刀太長，在使用居合的時候似乎拔不出來。

「想要更多能在實戰上拿到**明正**的厲害刀喲！」

「在實戰上拿到明正？」

「應該是指『實戰證明』吧？」

「沒錯！就是那個喲！波奇就是想說那個喲！」

波奇聽了亞里沙的翻譯後點了點頭，像是在說「就是那樣」。

「波奇想要什麼樣的刀呢？」

「任何東西都能唰唰唰地砍掉，跟巨大敵人戰鬥時能咻咻咻地變長的刀比較好喲！」

也就是說構造與我鍛造的波奇專用聖劍和魔劍一樣嗎？

既然是這樣就簡單了。雖然武器的形狀不同需要稍作調整，不過今天之內就能搞定。

也徵求小玉的意見，幫她準備跟主要武器雙劍同等級的忍者刀吧。

「主人，性能測試到此為止了嗎，我這麼提問道。」

「還有一個。不如說這個才是本來的目的吧？」

我將拆開的黃金鎧、白銀鎧和新的鎧甲內襯拿出來。

「鎧甲內襯只有一件，代表這是通用的嗎？」

「沒錯——娜娜，幫我測試一下。」

「好的，主人。」

娜娜突然開始脫起衣服，我立刻轉過身去。

「鎧甲內襯是一體式的嗎？感覺像是一件從腳尖到頸部的緊身衣，莫名有種未來感。」

由於娜娜已經換好了，我再度轉過頭來。

她身體的曲線表露無遺，看起來有點性感。

「以緊身衣來說，感覺布料稍嫌厚了點耶？」

「畢竟是鎧甲內襯嘛。」

上面加裝了類似生命維持裝置的魔法迴路，以及保持舒適狀態的魔法陣等各式各樣的機構，光是花的力氣就跟製作白銀鎧不相上下，成本更是在這之上。

「黃金鎧的結構跟一般的不太一樣對吧？感覺不太能承受衝擊呢。」

「我好好解決這項弱點了。」

只要運用在遺跡得到的綳帶奧利哈鋼一體化技術，應該就能解決接縫處的弱點才對。

不過，就算是目前的狀態，強度也只下降一成左右，是能透過新鎧甲內襯補強的程度。

然而即使只有一丁點，我也不想犧牲夥伴們的安全性。

「跟現在的黃金鎧差別在哪裡呢？」

我用笑容回應亞里沙的提問。

「娜娜，張開雙手說出『黃金鎧，脫除』試試看。」

「──難道說！」

「是的，主人。『黃金鎧，脫除』。」

亞里沙恍然大悟地回頭一看，娜娜的黃金鎧在她面前自動分解，被裝設在鎧甲內襯的收納亞空間吸了進去。

──很好、很好，第一階段成功了。

我壓抑激動的心情，向娜娜傳達下一個指令。

「娜娜，接下來張開雙手說『黃金鎧，著裝』！」

「是的，主人。『黃金鎧，著裝』。」

原本被鎧甲內襯吸收的黃金鎧飄浮在空中，接著裝備到娜娜身上。

之所以要求她張開雙手，是為了不對黃金鎧的脫除與著裝造成妨礙，以及固定位置比較容易設定的緣故。只要事先在鎧甲內襯的裝備位置上做記號，感覺就能更靈活一些。

「主人，你最棒了～！」

「可以多稱讚我一點喔，亞里沙。」

我與興致高昂的亞里沙擊了個掌，向協助測試的娜娜進行確認。

「娜娜會覺得哪裡不舒服或不對勁嗎？」

「著裝感完美，我這麼告知道。」

這個脫除與著裝系統，用的是越後屋商會出資贊助的博士們的研究成果。是為了從白銀鎧換裝成黃金鎧，或是縮短緊急情況穿上鎧甲的時間，才試著採用。

我打算把這個結果回報給博士們，期待他們做出進一步的改良。

「欸欸欸，不能邊擺姿勢邊變身嗎？」

「一開始的姿勢可以更換，可是還無法在動作中進行著裝。因為無論如何都必須保留讓零件能著裝上去的空間。」

我回答興奮的亞里沙。

只要澈底解析繃帶奧利哈鋼的原理就能夠邊跑邊穿裝備，或是不穿鎧甲內襯，而是以手環或腰帶為基點進行裝備也說不定。不過嘛，因為需要更進一步的研究，再怎麼快大概也是一年後的事了吧。

接著我請娜娜進行換裝成白銀鎧的測試，將所有項目都檢查了一遍。

這次用來測試的黃金鎧和白銀鎧是編入魔法迴路前的樣本，等稍微改良過後，再請亞里沙和蜜雅幫忙編入魔法迴路吧。

「主人，可以用這些裝備進行實戰測試嗎？」

「雖然沒關係，不過或許會發生剛剛測試中沒發現的故障，記得要選擇比較弱的敵人，不要逞強喔。」

我這麼叮嚀完之後，出發前往希嘉王國。

因為我想透過剛剛的新裝備測試發生的故障，確認從博士那裡收到的論文有沒有錯誤。

幕間：沉溺於黑暗之人

「——失敗了？」

『沒錯噗～』

出現在惡魔召喚師佐瑪姆格密身邊的魔族向他報告計畫失敗的事。

讓魔族附身在鼠人國度拉提魯提的將軍和騎士身上，藉此發動政變的計畫遭到阻止了。

「怎麼可能……藉由在邊境村落和城鎮引發騷動，應該已經讓王都的戰力空空如也了。我可是鼓吹那個笨蛋王子燃起野心，甚至讓他解除了王都的結界喔？」

佐瑪姆格密將拳頭砸在手邊的桌子上宣洩怒火。

「到底要怎麼做才會失敗啊！」

『勇者的隨從出現了噗～』

「——你說什麼？已經上鉤了嗎？不，應該當作是他偶然路過嗎？假如可以，本來想讓那個笨蛋王子繼位，向鄰國挑起戰爭來擴大混亂。算了，也罷。只要讓勇者的注意力轉移到青蛙們的國家上，計畫就算成功了。就繼續進行其他佯攻作戰，讓勇者疲於奔命吧。」

佐瑪姆格密自言自語地說服自己。

雖然他目前還遊刃有餘，幾天後得知其他作戰失敗的事情後慌張了起來。

「你說又失敗了嗎？」

『沒錯噗～』

「這一點也不好笑！」

他用手杖毆打毫無悔意的下級魔族，開始回想在蛙人國度奇普查展開的計畫。

「印象中為了汙染那群青蛙重要的湖泊，我應該派你去破壞鑰匙型水晶珠還有妨礙新水晶珠的運送工作才對。最初的破壞工作應該已經成功了，既然沒能阻止運送工作——是上了假輸送計畫的當嗎？」

『不是的噗～』

「不是？是沒搶到嗎？」

『是被勇者的隨從搶了回去噗～』

魔族毫不在意剛剛被毆打的事，跳著詭異的舞蹈做出回答。

「我不是下令就算沒搶到也要確實破壞掉嗎！你這廢物！」

『有收到確實破壞掉的報告噗～』

「不准找藉口！鑰匙型的水晶珠是製作要花上一百年的特製品，如果真的破壞掉了，怎麼可能立刻就能準備好替代品！」

『這我就不知道了噗～』

佐瑪姆格密拚命揮杖毆打魔族，但魔族彷彿感覺不到疼痛般笑著說：

『憤怒和憎恨真舒服噗～』

「可惡！那麼就用數量來取勝。多到無論勇者的隨從有多少人，都應付不來的程度！」

佐瑪姆格密自暴自棄地大喊，命令魔族們去執行所有已經準備好的計畫。

然而，他的計畫都被勇者無名的從者，以及實力高超的光龍級冒險者們——潘德拉剛一行人一一阻止了。

◆

「……不可能，難道那些傢伙擁有能看穿一切的能力嗎？」

所有計畫都被事先制止的佐瑪姆格密陷入深深的無力感。

「事到如今只能把計畫提前，透過地脈詛咒大魔女了。」

他用宛如從地底發出般的聲音低語。

「假如將魔族分派到還沒有下手的布萊布洛嘉王國，應該能吸引勇者手下的注意力——不，那就跟之前的國家一樣了。那麼要是散播魔族出現的謠言卻不派出魔族，就能把他們留在那裡直到發生事件才對！」

佐瑪姆格密抱著最後一絲希望鼓起幹勁。

「那裡有大人的據點，就請大人幫忙散布謠言吧。」

「嗤嗤嗤，你在找我是嗎捏？」

「——大人？」

深深戴著兜帽的男人從黑暗中現身。

透過隱約窺見的鼻子，能看出男人也跟佐瑪姆格密一樣是個醜人。

「計畫進行得還順利嗎捏？」

「——嘖！」

面對兜帽男明顯知道事情並不順利的說話態度，佐瑪姆格密咂嘴一聲。

「我要將計畫提前，請儘快幫忙收集詛咒需要的材料。還有，希望你能在布萊布洛嘉王國散播關於魔族的謠言。」

「嗤嗤嗤，要求真多捏。」

「一切都是為了皇弟**陛下**，同志提供幫助是當然的。」

「喋喋喋，一旦搬出皇弟**殿下**的名號，我就不能拒絕了捏。」

佐瑪姆格密眼神銳利地看著重新更正皇弟敬稱的兜帽男。

「畢竟本國也正在進行西征的準備捏。先在這裡引起騷動，讓希嘉王國的勇者留在這裡也能算是幫助本國捏。」

「西征？雖然不知道目標是馬其瓦王國還是東方小國群，要是做出那種事，希嘉王國不可能坐視不管。」

「在希嘉王國內引發騷動的計畫也正在進行捏。」

「——騷動？會大到無法派出援軍的程度嗎？」

「詳情我不能告訴你捏。依照軍師大人的說法，似乎是利用過去的遺物和廢物王子的回收作戰捏。」

「皇帝居然還在重用那個來路不明的禿頭嗎？」

佐瑪姆格密先是有點傻眼，接著表情就像想到什麼似的有了改變。

「不，慢著。你說過去的遺物？難不成是聖骸動甲——」

「惡魔召喚師閣下，俗話說隔牆有耳捏，請閣下不要隨便講出多餘的話捏。」

兜帽男用強硬的語氣打斷佐瑪姆格密的話。

「就算是為了讓那些作戰成功，拖住希嘉王國的勇者是很重要的捏。」

「你的意思是這裡的作戰失敗也無所謂？」

「我可沒那麼說捏。無論是將勇者留在大陸西南方，還是調查阿卡緹雅的紫月核真偽都是很重要的捏。為此我不會吝於提供幫助捏。」

「既然如此，就在布萊布洛嘉王國放出魔族的謠言拖住勇者吧。」

「喋喋喋，我也會儘快做好詛咒儀式的準備捏。」

兜帽男這麼說完，消失在黑暗的另一端。

「黑影步嗎……真方便的祕寶。」

佐瑪姆格密走到肉塊漂浮的水槽前。

「就算是為了讓作戰成功，也得促進這傢伙再生才行。■■……■　下級魔族召喚。」

他的腳下冒出魔法陣，幾隻魔族從魔法陣外側被召喚出來。

「為了讓你們的主人再生，獻上生命吧。」

『知道了噗～』

『能回到主人身邊了噗～』

『將我的血肉獻給主人噗～』

下級魔族們不僅沒有反抗佐瑪姆格密要他們自殺的命令，甚至還答應會進入水槽裡讓漂浮的肉塊吃掉。

每當下級魔族被吞噬，肉塊就逐漸恢復成樹皮上級魔族的模樣。

「照這個情況看來，感覺不到一個月就能復活了。」

佐瑪姆格密在魔力用完前不斷地進行召喚，以加快上級魔族再生。

耗盡魔力之後，他拖著像鉛塊般沉重的身體坐上長椅，粗魯地喝光放在茶几上的魔力回復藥。

「——但是，光靠這樣抵擋得住勇者嗎？」

佐瑪姆格密自言自語地說。

『魔……復……噗～』

水槽中的肉塊咕嘟咕嘟地冒著泡開口說。

肉塊——上級魔族想說的是「讓魔王大人復活就行了」。

「你想讓魔王『死靈冥王』復活嗎，魔族？」

「噗～」

肉塊上長出的嘴唇肯定佐瑪姆格密說的話。

「真是愚蠢呢。魔王只不過是迂腐愚神們的棋子。」

『偉大噗～』

「偉大？是在說魔王嗎？」

佐瑪姆格密毫不掩飾嘲笑之意地看著肉塊。

『勇……者……噗～』

「要我讓魔王去對付勇者？」

『噗～』

——勇者和魔王是相反的存在，擁有會彼此吸引的命運。

佐瑪姆格密想起寫在勇者故事上的著名橋段。

「好吧。要塞都市有個感覺能派上用場的祭司，把你的眷屬借給我。就去操縱那個人的心靈，讓他來完成魔王復活的工作。」

『噗～』

當魔族叫了一聲之後，黑暗中隨即出現一隻中級魔族。

那是擅長精神魔法，過去曾經操縱過贊札桑薩的魔族。

『有工作嗎噗～？』

「沒錯。去控制要塞都市裡一個叫做莫羅克的祭司。假借淨化沉睡在邪神殿魔王的名義，讓他復活魔王。」

『感覺是很有趣的工作呢噗～』

魔族跳著舞，打算融入黑暗中消失。

「——慢著！工作要跟詛咒大魔女同時進行，你現在過去可是會被幹掉喔！」

『知道了噗～』

魔族做出含糊的回答後消失在黑暗中。

佐瑪姆格密喃喃自語地朝自己的房間走去。

「做了這麼多事前準備，就能搶在勇者和大魔女之前得到紫月核。」

不知不覺間，佐瑪姆格密心中的目的已經從「調查紫月核是否存在」，變質成「得到紫月核」了。

「這麼一來得到浮游要塞，讓皇弟**陛下**回復到應有的地位也並非難事了。」

在聲音沙啞地「喋喋喋」發出笑聲的佐瑪姆格密背後，樹皮上級魔族和本該消失在黑暗中的中級魔族也跟他露出同樣的笑容。

簡直就像在說他的執念是被魔族們灌輸似的。

中場休息

「我是佐藤。大學的社團活動經常會看到一些不認識的人混在其中，特別是迎新和辦活動的時候更是如此。既然都要到場，希望他們能在準備的時候出現呢。」

「這是在大陸西南國家群得到的商品樣本。」

目前我人在越後屋商會的幹部房間裡，向她們介紹觀光中得到的商品。

其實我想立刻去找博士們詢問論文的事，不過還是決定先來越後屋商會處理堆積的工作。畢竟都出社會了，做感興趣的事之前得先把工作搞定才行。

「真出色的作品，是來自哪個國家呢？」

「是蛙人國度奇普查用水石製作的工藝品。」

看來掌櫃也很喜歡，我便決定放在越後屋商店總店的大廳當裝飾。

由於直接擺放會有排水的問題，似乎會等完成那方面的工事後再進行擺設。

「這個叫『人魚之淚』的很不錯呢。感覺在無法對『天淚之滴』下手的中堅貴婦人和千金小姐之間會很受歡迎。」

「我想還是別對布萊布洛嘉王國的寶石出手比較好。名門貴族獨占貿易權，果庫茲商會還包辦了所有買賣，我認為現在要介入應該很困難——」

「不必擔心，潘德拉剛那小子似乎從布萊布洛嘉的王子手上得到了貿易的承諾。」

「您是說潘德拉剛卿嗎？原來他在大陸西南部啊。」

掌櫃露出意外的表情。

「他似乎正像個浮萍一樣到處亂逛。」

「庫羅大人真是的……」

她發出「呵呵呵」的聲音笑了出來。

「比起這個，能得到布萊布洛嘉的貿易權非常有幫助呢！畢竟非魔法系道具的寶石商品是我們的弱項！」

負責寶石飾品的幹部女孩握緊拳頭主張。

這麼說來，伊修拉里埃的「天淚之滴」好像只有筆槍龍商會才買得到。

雖然很久沒和我託付筆槍龍商會的亞西念侯爵次男見面了，存放在商業公會的利息一直都有增長。下次以佐藤身分回到王都時，也得去做點投資才行。

「必須準備一些謝禮給潘德拉剛大人呢。」

「不需要，這是代替我花力氣幫那小子解決麻煩事的謝禮。要是還很在意，就去幫那小子收集他感興趣的卷軸吧。」

「好的，那方面收集得很順利。雖然大多是繁魔迷宮的產物，最近也得到幾張出自沙珈帝國吸血迷宮的卷軸。」

——哦哦？儘管有種想立刻衝去看卷軸清單的衝動，還是當作稍後的樂趣吧。

「據說社交界傳出潘德拉剛卿失蹤的消息，看他似乎平安無事，我們就放心了。」

——失蹤的消息？

我在離開阿卡緹雅和前往西南諸國觀光時就已經分別寄出給穆諾伯爵和宰相的信，看來信都還沒送到。

不過，畢竟兩封信都是船運，遭到魔物或海賊襲擊導致沒能送到也是常有的事。

「由於潘德拉剛大人不喜歡引人注目，等他回到王都時肯定會嚇一跳吧。」

「什麼意思？」

「因為弒魔王者的傳聞也已經傳遍大街小巷，潘德拉剛大人的宅邸每天都像開祭典一樣熱鬧。」

催促完其中一名元老幹部女孩繼續說下去後，結果聽見了不得了的答案。

我帶著不好的預感用空間魔法「眺望」加以確認，才發現自己在王都宅邸前的路上擠滿了看熱鬧的人群。仔細一看，甚至還出現了幾間攤販。

「感覺會接到住在附近的貴族抱怨呢。」

「不，那個……因為院子能看見『弒魔王者』的宅邸，附近貴族舉辦的茶會和晚會似乎大受歡迎。」

王都裡只有閒人嗎……

雖然覺得差不多該回王都了，還是稍微留在碧領玩一陣子吧。

「關於那小子的事就說到這裡吧。」

接著我繼續聽取來自幹部們的事業報告，一一提出建議。

利潤還是老樣子十分驚人。在擴大慈善事業的同時兼顧了分配利益和回饋社會，員工數量好像也日漸增加。若是光從員工數量來看，似乎已經超過王國最大的果庫茲商會。

而說到在意的事業——

「關於之前計劃讓移民前往穆諾伯爵領一事，首批移民將於下個月初出發。」

據說由於南方飛行系魔物猖獗，未能確保護衛的飛龍騎士隊才導致出發計畫延緩。

第一批好像會由人口不斷減少的穆諾市接收，隨後送往布萊頓市和其周邊的村落遺址。

「那麼，只要在月底之前整頓好那些村子和布萊頓市就行了吧？」

「「「——咦？」」」

我只是做個理所當然的確認，但不知為何不只是負責的幹部，連掌櫃和蒂法麗莎都顯得很驚訝。

「到月底太晚了嗎？」

「——不、不是的。我一直以為穆諾伯爵領的開拓地應該交給伯爵方負責。」

原來如此，所以才會覺得驚訝啊？

「只是做跟打造王都開拓村時相同的事罷了。」

畢竟開拓的大量物資準備，以及分配糧食給難民的相關事宜原本就由越後屋商會一手包辦。伯爵還在穆諾市的一流地段準備了越後屋商會的商館，以及無償提供倉庫和工廠用地，作為相對應的報酬已經足夠了。另外似乎還簽訂了要是布萊頓市的開拓有所進展，也能在那裡確保跟穆諾市同樣規模土地的契約。

「要在穆諾伯爵領得到特權是無所謂，但記得不要對居民造成影響。」

「我明白了。雖然羅特爾執政官一直在懷疑我們私底下是不是有什麼企圖……」

掌櫃露出苦笑。

的確，依照妮娜小姐的立場，王都的新興商會在不特別要求回報的情況下提出這種大型計畫，會懷疑也很正常。

「接著是藥品相關事宜——」

由於商會的鍊金術師似乎也開始能調配我製作的「生髮藥」，我想減少自己製作的分量，結果卻被認真地阻止了。

好像是因為還做不出高品質的藥劑，所以希望我能繼續提供一定的分量。據說用來跟部分貴族進行交涉很方便，甚至能當作戰略物資。的確，畢竟生髮藥和護髮水在地球也非常受歡迎嘛。

另外她們也追加委託鑄造魔劍和嵌有符文的寶石等物品，就趁下次過來前準備好吧。

時間就在聆聽報告和要求的途中悄悄流逝，現在已經過了中午，於是我便和掌櫃她們一同前往越後屋商會的員工餐廳享用廣受歡迎的每日套餐。

「啊——！是庫羅大人耶！」

在餐廳裡，妮爾眼尖地看到我並大喊一聲，導致在這裡吃飯的員工都注意到我而引發驚人的騷動。簡直就像對待偶像或名人一樣。

由於我是第一次來這裡用餐，也難怪周圍的人會這麼驚訝。

因為紅髮妮爾坐在鄰桌的同事們露出一副緊張到吃不出餐點味道的表情，使我稍微有種做了壞事的感覺，之後送些烘焙點心來餐廳當作賠罪吧。

另外，引發騷動的妮爾本人從頭到尾看起來都很開心。

◆

午餐過後，我來到越後屋商會的研究所。

「——那個是？」

希斯蒂娜公主不知為何也和博士們待在一起。

「那位是希嘉王國的希斯蒂娜第六公主殿下。」

「我知道。為何公主會出現在這裡？」

「午安，庫羅大人！」

正當我在詢問蒂法麗莎的時候，研究所的潤滑劑，或者該說是實際上的負責人葵少年跑了過來。

「葵，那是怎麼回事？」

「您是指蒂娜大人吧。」

根據葵少年以輕鬆語氣稱呼公主的說法，希斯蒂娜公主似乎因為自己的研究遇上瓶頸，才會來到這個由於進行奇特研究而在部分領域很有名的研究所。她帶著轉換心情的想法進行參與之後，就此著迷了。

「不會礙事嗎？」

「不，怎麼會呢。蒂娜大人也和博士們是同類。明明還很年輕卻學識淵博，博士們都很疼她呢。」

「要是會妨礙到現場研究就說一聲，我來替你趕走她。」

「哈哈哈，不要緊啦。」

從博士們的樣子看來應該不必擔心，不過以葵少年的立場大概很難說這種話，於是我這麼對他說。

「您今天是來確認進度的嗎？」

「也有那個打算，但主要是來問這篇論文的問題。」

拿出論文之後，葵少年將撰寫的博士叫了過來。

「哦哦，庫羅閣下。您對老夫的論文有疑問真令人高興呢。問題在哪兒？」

我將論文拿給滿臉皺紋的博士看，指出有疑問的地方。

「啊啊，抱歉，那邊寫錯了。下筆時把肯定和否定搞反了。」

博士沒有絲毫歉意地用鋼筆型的魔法道具輕鬆改好論文。

「一旦基礎部分弄反，想必無法按照想法運作吧？」

——正是如此。

我一邊克制自己不要破壞庫羅的角色形象，一邊像小光一樣在心裡大喊：「沒人這樣搞的吧——」

當然，我內心的反應並未表現在臉上，無表情技能老師非常有用。

我重新調整心情，也針對其他地方提出幾個問題，將論文中有疑問和不清楚的地方全部解決。

「初次見面，庫羅閣下。我是第六公主希斯蒂娜。」

向博士道謝之後，希斯蒂娜公主跟著其他注意到我的博士們一起走了過來。

「應賈哈德博士之邀，前來研究所叨擾了。」

「這裡應該跟公主的專業不同吧？」

「是的，因為最近稍微碰到瓶頸……」

「王立學院和王立研究所沒有人能解答妳的問題嗎？」

我認為比起跟一竅不通的博士們打交道，這麼做對研究更有幫助，因此試著問了一下。

「兩邊都吃了閉門羹。」

真的假的？王立研究機構竟敢讓公主吃閉門羹，還真是有勇氣。

或許代表她的研究就是這麼特殊吧。

「雖然以前有能夠商量的老師和朋友，他們現在因為工作去了大陸西方……」

「庫羅大人知道潘德拉剛子爵的下落嗎？」

當我在想公主說的或許是我們的時候，葵少年接著這麼詢問，幾乎可以確定了。

「那小子的行蹤？公主的老師和朋友跟那小子有關嗎？算了，也罷。要找那小子的話，我在布萊布洛嘉王國見過他。」

「感謝——」

「——小子？」

希斯蒂娜公主明顯不悅的聲音蓋過葵少年的道謝。

「難不成您是指佐藤老師嗎？這種稱呼方式很失禮喔？」

希斯蒂娜公主纖細的眉毛豎了起來。

雖然她平時都叫我「佐藤大人」，這次似乎為了表明立場而將敬稱改成老師。

「他本人也同意了，這件事其他人沒有資格插嘴。」

「唉呀！真是失禮的人呢！」

我無視怒火中燒的公主，前去向博士們詢問研究的進展。

「飛空艇雖然完成了……」

「有什麼問題嗎？」

「一般人搭不了。」

「會被加速度壓扁。」

在葵少年的提議下，他們目前似乎正在開發類似耐G力服的東西。

「儘管拜託了能夠使用身體強化的前任騎士，然而等級不到三十的人在加速途中就會昏過去……」

因為很在意是怎麼加速的，我跟他們要了資料來看。

「……你們是打算飛出虛空嗎？」

「哦！那真不錯呢！還真得飛出去試試看！」

「蠢貨！我不是一直說要先從水平飛行開始嗎！」

他們好像藉由連接大到離譜的加速用推進器來實現超高速。

從資料看來，似乎是突破音障時的衝擊導致器材故障，搭乘者也因此失去了意識。

「話說回來，真虧你們有辦法輸出這麼大的動力呢。」

「問得好！請您看這個吧！」

「這就是咱們的研究成果！」

博士們將類似魔力爐的設計圖遞了過來。

我一邊制止情緒激動的他們，一邊看著設計圖。

「這個是……！」

他們似乎試著做出了使用蒼幣的聖樹石爐和魔力爐的混合系統。

就理論來說，這樣似乎能得到超越相同規模聖樹石爐的動力。從計畫開始的測量表看來，能看出因為爐子的強度不足，輸出無法達到理論值的程度。即使如此——

「——還是有這種輸出嗎？」

我對博士們說，請他們啟動混合爐——設計圖上的雙爐。

爐身發出藍色和紅色光芒，最後化為紫色的光芒滲了出來。

「雖然一開始想命名為紫焰爐——」

「取那種不吉利的名字，要是爆炸了該怎麼辦！」

「——因為他們這麼說就改掉了。」

這麼說來，紫色是禁忌的顏色呢。

「距離理論值還差得遠啊。」

「對王都的技術人員來說，這已經是極限了。目前已經向歐尤果克公爵領的波爾艾哈特自治領提出了委託。」

原來如此。像杜哈爾老先生他們那種矮人，感覺的確能做出高精密度的爐子。

回到碧領後我也試著做做看吧。不，還是去波爾艾南之森，使用跟托拉札尤亞先生借來的研究設施比較能提高精密度吧。

「要是解除限制，輸出能再提高一倍喔。」

博士說出這句危險的發言後，原先穩定的紫色光芒立刻開始產生搖晃，在葵少年衝去將限制恢復之前，雙爐就爆炸了。

由於察覺危機技能發出警告，我在爆炸發生前用「理力之手」將葵少年拉了回來，並且使用魔法「自在盾」和「防禦壁」保護了公主和博士們。

雙爐炸得粉碎，碎片甚至飛到了距離很遠的工廠牆壁上。

從地圖搜索看來，這次爆炸似乎沒有人受傷。

「發生什麼事了！」

葵少年和解除限制的爆炸博士一同不停地向見到爆炸趕過來的波麗娜工廠長道歉。

從附近兵營趕過來的騎士和衛兵們交給波麗娜她們應付就行了吧。

話雖如此——

「還是稍微做點安全對策比較好吧。」

畢竟地底下很危險，就用「土壁」包圍研究所四周，再藉由「泥土硬化」和「灰泥硬化」加以補強吧。只要將土壁加上坡度，不僅能讓爆風易於向上噴發，還能當作防止入侵的對策。

為了保護博士們的安全，也配備幾隻裝備方陣系統的真鋼魔巨人吧。只要偽裝成助手型的活偶，博士們應該也不會有怨言。

我從儲倉中拿出跟爆炸中失去的器材一樣的備用品作為補充，還提供好幾種能用在推進器上的素材。

「要不要讓搭乘者試穿這個看看？」

「這個是？」

「在吸收衝擊方面有優秀效果的鎧甲內襯。」

這是設計新型黃金鎧內襯時製作的樣本。

雖然是依照我的體形製作的物品，因為能自動調整百分之二十的尺寸，我認為即使是身材嬌小的騎士也能順利穿上。

「感覺像是緊身衣，或是出現在科幻作品中的薄型太空衣呢。」

我平淡地說了句：「這樣啊。」帶過葵少年確切的描述，將樣本遞了過去。

這麼一來，超高速飛空艇也能安全地進行測試了吧。因為備用的數量還有很多，就給他們十件吧。儘管為了進行各式各樣的實驗準備了很多件，卻沒什麼消耗。

「賈哈德博士，空力機關改良得如何了？」

「那方面已經完成了。依照用途分成了三種，待會兒再給你設計圖。」

在賈哈德博士回去拿設計圖時，其他博士們也紛紛提交完成的論文和圖表。距離上次明明沒過多久，真是了不起的成果。看來天才聚集在一起果真能增加協同作用的樣子。

「──嗯？葵你也有嗎？」

「是的。因為我不像博士他們那麼有才能，所以嘗試設計了能用魔法道具重現日本家電的產品。」

「這個和這個市面上應該已經有了，這個放棄掉，除此之外都沒問題。等做好試作品算出成本之後，再去找掌櫃或蒂法麗莎討論。」

葵少年提出了開發家電風格魔法道具的提議，除了感覺不太安全的品項之外，我全都採用了。

關於是否能夠營利，交給掌櫃她們判斷就行了吧。

對了──

「你委託的東西已經到手嘍。」

臨走之前，我回想起其中一位博士委託我尋找浮游石的事，於是便找了間倉庫將大小不一的浮游石拿出來。可想而知，收到石頭的博士開心到手舞足蹈。

另外，我也將在鼠人國度拉提魯提得到的「能察覺魔族的鈴鐺」交給掌櫃她們。

◆

「——浮游要塞？那個傳說中的？」

處理完越後屋商會的事情，我打扮成亞金多的模樣前去拜訪正在享受房東身分的小光。

「是啊，被藏在碧領裡。」

「原來真的存在啊～雖然夏洛利克抱持相信的態度，梅爾本和小利都堅定地表示『絕對不可能存在！』呢。」

在她那個時代，似乎已經變成存在與否都令人懷疑的傳說。

「那麼，浮游要塞能動嗎？」

「核心部位被拿走了，我想應該動不了。」

我在將它收在儲倉的狀態下進行了調查，發現相當於電腦的中樞部位——被稱為紫月核的核心零件整個不見了。不過因為還有類似動力源的魔力爐在，我想應該不是完全動不了。

「這樣啊，那就可以放心了。」

我想大概是把浮游要塞藏在異空間裡的某人拿走的。

「靜香過得好嗎？」

「嗯，她正熱衷在創作之中。因為現在有熱情的讀者在，她有幹勁到過了頭，讓人稍微有點擔心呢。」

小光將靜香的書拿到茶會上推廣，結果在以立頓伯爵夫人為首的一部分貴婦人之間大受好評。

這個世界應該沒有印刷技術才對——

「直接用原書？」

「是我用魔法複製貼上的書啦。」

「有那種魔法嗎？」

「嗯，因為熟人說這是禁忌，我一直藏著沒用。」

似乎是以前有個轉生者用術理魔法編撰出來的魔法。

這麼說來，既然能透過光魔法顯示出影像，那麼只要有印刷方法感覺就能辦得到。

「對了、對了，社交界好像到處都在傳一郎哥你們失蹤的消息喔。」

說起來，在越後屋商會好像也聽過類似的內容。

「消息傳得那麼廣嗎？」

「嗯，聽說是因為派遣到大陸西方的特使找不到你們的行蹤。」

畢竟我們在抵達要塞都市阿卡緹雅之前，用有些特殊的方法抄了捷徑。

「可以請妳幫我送信嗎？」

由於讓人擔心也不太好，我把寫給宰相和熟人的信交給小光。宰相應該也知道潘德拉剛家的御用商人亞金多會造訪宿舍，所以不太會惹人懷疑吧。

只要加上剛抵達要塞都市阿卡緹雅的日期，就算比透過船運寄出的信更快送到應該也沒問題。

「待會兒我要去送事先做好的菜餚跟晚餐，一郎哥要一起來嗎？」

「不，我還有其他地方要去，就先離開了。」

雖然也想跟靜香見個面，要是無預警地前去造訪，有種會像之前一樣遇到幸運色狼事件的預感呢。

臨走之前，我把用來自蛙人國度奇普查的「人魚之淚」加工製成的裝飾品，當作禮物送給了小光和靜香兩人。

◆

「主人・佐藤！」

原本在進行農活的優妮亞用力向我揮手。

處理完王都的事情後，我在前往波爾艾南之森的路上順便跑了一趟拉庫恩島。

「姊姊大人，主人·佐藤來了。」

「優、優妮亞，別拉我啦。」

蕾伊用手遮住自己被泥土弄髒的臉。應該沒有必要害羞到滿臉通紅吧。

我自顧自地先一步走進屋子裡打擾，替兩人準備了冰涼的麥茶和烤玉米當點心。

「久等了！哇！是沒看過的點心耶～！」

優妮亞先是一口氣喝光麥茶，接著朝烤玉米伸出手。

「這個要怎麼吃呢？」

「像這樣拿起來，然後吃表面的顆粒。」

「好香的味道——是醬油嗎？」

「沒錯。今天的伴手禮是玉米。」

我將放有種植用玉米粒的布袋，以及寫著栽培方法的紙放在桌上。

「真好吃！姊姊大人，好吃得不得了耶！」

優妮亞絲毫不顧自己的嘴角被醬油弄髒，大口大口地咬著玉米。

因為蕾伊對於用嘴巴直接咬玉米有點抗拒，我用術理魔法「萬能工具」將顆粒挖下來裝在盤子裡並附上湯匙。

「又甜又好吃耶。這是蔬菜？還是水果呢？」

「是蔬菜。嘗起來很甜是因為進行了品種改良。」

是利用樹靈珠的作弊方式進行改良就是了。

我再次針對「天護光蓋」小型化報告的事向蕾伊道謝，並將使用那項技術平安完成城堡機能的事告訴她。

「能幫上忙真是太好了。」

蕾伊滿足地露出微笑。

隨後我們談起夥伴們的近況，一邊用光魔法投影出在西南諸國觀光地的影像，一邊聊著旅行的趣聞。當然，我也沒忘了將買來的許多土產擺放在桌上。

當話題聊到碧領時，我嘗試提起浮游要塞的事。

「——浮游要塞？」

「蕾伊不知道嗎？」

畢竟在拉拉其埃時代應該還在運作，我認為她或許聽過一些傳聞。

「名字叫做阿爾卡迪亞——」

「——惡魔要塞阿爾卡迪亞！」

蕾伊聽到名字的瞬間，臉色蒼白地喊了出來。

雖說是拉拉其埃敵對勢力的要塞，沒想到她會有這麼大的反應。

「姊姊大人知道嗎？」

「嗯，惡魔要塞阿爾卡迪亞是魔王的先鋒。它憑藉能夠打破天護光蓋的破天腐槍，擊墜好幾座我認識的浮游城。」

或許是因為印象很差，蕾伊不太想進一步說明。

「抱歉，蕾伊。如果有討厭的回憶，那麼不說也罷。」

雖然我對那個能夠貫穿天護光蓋的「破天腐槍」有興趣，但並沒有不惜讓她感到不適也想知道。畢竟實物就放在儲倉裡，之後再直接調查就行了，而且在得到浮游要塞的遺跡裡也放著資料。

於是我跟優妮亞搭檔表演喜劇，蕾伊也顧及優妮亞體諒自己的心意，表面上恢復了她平時的模樣。

◆

「——可以拜託你嗎？」

「好的，請交給我吧，雅潔小姐。」

離開拉庫恩島前往波爾艾南之森之後，雅潔小姐委託我幫忙收集一種名叫妖精蜂的幻想生物的巢箱材料。

「謝謝你，佐藤。我很開心！」

——哦哦！

或許是真的十分困擾，雅潔小姐感動不已地緊緊抱了上來，我也溫柔地回以擁抱。

就讓我好好享受意外得到的幸福時光吧。

「——請問？差不多可以結束了吧？」

巫女露雅小姐扯了扯我的衣服，將我拉回了現實。

本來覺得她真是過分，然而透過ＡＲ顯示確認時間後，才知道自從擁抱之後已經過了十分鐘以上。我低頭一看，發現雅潔小姐正臉頰通紅地抬頭看著我。

我輕咳一聲，鬆開緊抱住雅潔小姐的手。

「那麼，我這就去收集巢箱的材料。」

「慢著，佐藤。你來這裡應該有什麼目的吧？」

敗給被雅潔小姐擁抱的幸福感，使我澈底忘了本來的目的。

「對對對，我今天是打算來商量這個的。」

「透明的奧利哈鋼？」

我從道具箱裡拿出已經變成玻璃材質，以及產生變化前的繃帶型奧利哈鋼。

「哦～還能變成這樣啊。」

雅潔小姐很感興趣似的將玻璃化的繃帶奧利哈鋼對著陽光舉了起來。

「雅潔小姐也不知道嗎？」

「嗯～記憶庫裡或許會有，但現在的我不知道。」

由於隨行的巫女露雅小姐好像也不清楚，我便去向知識淵博的長老請教。

「哎呀，這還真是稀奇。」

「究竟是怎麼鍊成這樣的，實在沒頭緒。」

長老們拿著繃帶奧利哈鋼此起彼落地討論。

在不知不覺間，那些喜歡研究的精靈也聽到傳聞聚集過來，寬敞的大廳裡擠滿了人潮。

「有什麼發現嗎？」

「是的，雅潔大人。我記得在過去的資料上，曾經看過這種奧利哈鋼。」

剛才說出「稀奇」字句的精靈大長老回答雅潔小姐。

「可以讓我拜讀那份資料嗎？」

「抱歉，老夫手邊沒有。」

據說那份資料一直由其他高等精靈保管，而那位高等精靈正在睡眠槽中沉睡的緣故，目前不清楚資料放在哪裡。儘管只要知道標題就能用地圖搜索找出來，由於年代太過久遠，大長老似乎也不記得了。

「佐藤，要去記憶庫看看嗎？」

或許是我的表情非常遺憾，雅潔小姐這麼提議。

我也想久違地與亞神模式的雅潔小姐見面，那麼就恭敬不如從命吧。

於是我將繃帶奧利哈鋼寄放在精靈們那裡，跟著雅潔小姐一同前往位於世界樹深處的記憶庫。

『——聽說拉拉其埃還在天空上的時候，魔神大人曾經製作過那樣的奧利哈鋼。』

亞神模式的雅潔小姐用神代語言說。

雖然平時柔和的雅潔小姐很不錯，亞神模式凜然的她也非常棒。

『佐藤，你有在聽嗎？』

『——抱歉，我看著雅潔小姐妳看到入迷了。』

我坦率地道歉之後，亞神模式的雅潔小姐臉頰莫名地泛起了些許紅暈。這副模樣使我重新體認到她的本性與平時一模一樣，讓我感到開心。

『關於剛剛那件事，請問您知道詳情嗎？』

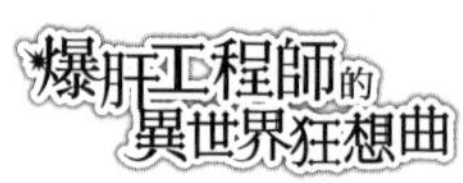

『我不知道。去問布拉伊南的莉潔——不，布拉伊南的可潔或貝里烏南的莎潔吧。』

如果我的記憶沒錯，**現在的**布拉伊南氏族應該沒有莉潔小姐這個人才對。

『想問我的事就是這些嗎？』

因為就這麼結束與久違的亞神雅潔小姐的對談很浪費，我順便試著詢問有關浮游要塞的事情。

『我並未親眼見過，只有從熱愛外出的伊潔口中得知的傳聞，這樣沒關係嗎？』

她口中的伊潔應該是在世界樹睡眠槽沉睡的其中一位高等妖精吧。

『據說浮游要塞是魔神大人設計，由使徒們建造出來的。聽說完成後交給了對抗拉拉其埃王朝的反抗組織使用，但我只從伊潔那裡得到非常強大的這個感想，並不清楚詳情。』

除了一開始的部分，還是從拉庫恩島的蕾伊口中聽到的內容比較詳細。

『看來你想問的事情差不多問完了，之後就交給現在的我吧。』

亞神雅潔小姐這麼說完，全身失去力氣朝我的方向倒了下來。雖然想好好享受賺到的觸感，她連接記憶庫肯定很累，因此我呼喚在外頭待命的巫女露雅小姐，把她送回床上休息。

儘管我之後也去請教了莎潔小姐和可潔小姐，無論是繃帶奧利哈鋼還是浮游要塞都沒能得到比手邊資料更進一步的情報。

莎潔小姐還抱怨，年初抵達的岩石帶比預料中還要廣闊，讓她嚇了一跳。雖然一開始不明白她的意思，我很快就發現所謂的岩石帶是指小行星帶，聯想到她是指水母調查用深宇宙探索型魔巨人「人造衛星一號」。

『我們在岩石帶發現很多隻水母。果然如佐藤所料，那些傢伙好像是從那附近來的。』

據說人造衛星一號經常跟宇宙垃圾相撞導致損壞，因此必須不斷重新發射。

『接下來我們預計不進入岩石帶內，而是圍繞外側進行調查。』

「那麼一次發射好幾臺怎麼樣？」

『說得也是，這個方案很合理。那就採用佐藤的提議吧。』

我順便也提出將機組分為總機和子機，讓子機進入隕石密度高的小行星帶，總機留在安全的地點等待子機情報的方法。因為這麼做需要將舊機體進行大範圍的改造，就當作是今後的課題吧。

接著是來自可潔小姐的通話——

『佐藤，雅潔已經把之前提到的奧利哈鋼送過來了。我不知道該怎麼向你表達我內心的好奇心究竟有多麼強烈，如果你出現在這裡，我大概已經抱著你開始跳舞了吧——哎呀，雅潔真是可怕，通話就到此為止吧。我會比莎潔更快完成分析，敬請期待。』

可潔小姐露出燦爛的笑容切斷通話。

我回頭一看，發現早已離開床上的雅潔小姐正可愛地鼓著臉頰。

啊～真是的。這個人太可愛了吧。

縱然有股想直接把她帶回家的衝動，巫女露雅小姐和露出天真無邪表情的家庭妖精都在盯著我看，於是我忍了下來。

「雅潔小姐，謝謝妳幫我傳送樣本。」

我一邊享受她那彷彿能看見「哼」這個狀聲詞的稀有側臉，一邊將臉湊近她耳邊。

「讓我想緊緊抱住、想一起跳舞，以及覺得眷戀的人，只有雅潔小姐一個喔。」

當我輕聲這麼說完，雅潔小姐就滿臉通紅地用宛如縮地般的速度離開我身邊，形狀姣好的嘴唇和優美的手指不斷顫抖，一副想說什麼卻說不出話來的樣子直接跑了出去。

巫女露雅小姐立刻就跑去追雅潔小姐了，善後的事就交給她處理吧。畢竟我追過去大概也只會造成反效果。

「這句話有這麼讓人害羞嗎？」

我這麼向開心地發出尖叫聲的家庭妖精們詢問，結果得到了豎起大拇指的評價。

將送給雅潔小姐的伴手禮託付給家庭妖精們之後，我回到碧領。

另外，不光是莎潔小姐，我也將得到的繃帶奧利哈鋼樣本和情報分給可潔小姐和波爾艾南的研究所精靈們。

畢竟交給他們研究，肯定能得到比我更好的結果嘛。

◆

回到碧領後，我將移動前想到的改造拋諸腦後，與夥伴們四處奔波收集「妖精蜂的巢箱」素材，甚至將潔娜小姐和卡麗娜小姐牽連進來才成功將素材收集完畢。

接下來我在碧領一邊編撰黃金鎧和白銀鎧的穿脫機制，一邊致力於強化外裝和外掛組件的實用化。歷經反覆嘗試，最後完成前衛共用的強化外裝「攻擊手」、槍擊支援用的強化外裝「神槍手」，以及魔法增幅用的強化外裝「魔法師」等三樣正式裝備。

不曉得是辛苦有了回報，還是夥伴們以要將碧領都市遺跡附近充斥的大量魔物狩獵殆盡的氣勢進行狩獵的緣故，她們的等級全部來到六十五，於是今天決定盛大慶祝一番。

與潔娜小姐她們見面時，我是亞金多的模樣，或許是時候以佐藤的身分返回希嘉王國了也說不定。

就在思考這些事情的時候——我聽見了蝙蝠的叫聲。

「主人，怎麼了？」

「蘿蘿好像遇到危險了。」

剛剛的聲音是潛藏在蘿蘿影子裡的使魔傳來的報告。

「糟糕。」

「主人，蘿蘿小姐發生什麼事了嗎？」

「抱歉，這點還不清楚。」

我小聲地對擔心蘿蘿安危的露露說：「不要緊。」

因為從地圖的標誌情報看來，蘿蘿應該還沒有遇到危險的事。

「波奇、小玉！快來集合！」

前去狩獵食材的波奇和小玉全力驅動改良版白銀鎧的推進器趕了回來。

「主人，做好出發準備了，我這麼告知道。」

「好，走吧！」

前往要塞都市阿卡緹雅的蘿蘿等人身邊！

再度造訪阿卡緹雅

「我是佐藤。麻煩總會在人忘記的時候發生。例如交報告當天，或是在工作的截止日造訪。或許在電腦的某個角落，其實躲著『愛惡作劇的妖精』也說不定呢。」

「蘿蘿小姐！」

我們用歸還轉移返回勇者屋的後院，擔心蘿蘿的露露立刻衝進店裡。

「慢著，露露。蘿蘿她不在這裡。」

蘿蘿在大魔女之塔裡。

於是我們朝著塔的方向跑去。

我在移動途中確認了地圖情報，發現緹雅小姐陷入詛咒狀態，蘿蘿似乎陪在她的身邊。

我請亞里沙發動「戰術輪話」跟夥伴們共享情報，畢竟要是奔跑途中說的話被其他人聽到，感覺會不太妙。

「主人，『眺望』被取消了。」

「我這邊也一樣。」

本來想用空間魔法進行確認，卻遭到妨礙而無法順利成功。

儘管感覺能夠強硬行使，這麼一來好像會破壞掉**某種東西**，所以我決定作罷。依照情況看來，大概是設法消除緹雅小姐身上詛咒的結界之類的東西吧。

「——主人。」

莉薩簡短地提醒我。

站在眼前大魔女之塔門口的守衛看到我們靠近之後，擺出了戒備的模樣。

「站住！」

「這裡可是大魔女阿卡緹雅大人居住的塔！」

表情一本正經的狼人和熊人守衛在門口，將我們攔了下來。

「我們是光龍級冒險者潘德拉剛，是『大魔女的騎士』！」

因為除了獸娘們之外的人都穿著便服，我將冒險者證和騎士徽章高高舉起大喊。

守衛好像不記得我們的長相，卻還記得前陣子的遊行，只見他們嚇得腿軟似的說：

「請、請進。」便放我們通行了。

「往這裡。」

我們依循地圖情報衝上塔的樓梯。

縱使中途被叫住好幾次，我們依舊不予理會地直接衝了過去。

「佐藤，瘴氣。」

如蜜雅所言，塔裡的瘴氣濃度非常濃厚。

雖然還不到會直接影響健康的程度，要是待太久，肯定會導致身體不適。

我認為毫無疑問地與緹雅小姐受到的詛咒是同一個原因。

「魔力也是～？」

「擠成一團飛過來了喲！」

「是的，波奇。能感覺到波紋般的強大魔力，我這麼告知道。」

「有某種巨大的——我想應該是在使用儀式魔法。照主人剛剛說的話來看，應該是在替緹雅小姐——」

為了解除詛咒而進行的儀式吧。

「蘿蘿小姐也在那裡對吧？這樣沒關係嗎？」

露露表情不安地說。

雖然我也很擔心，我不認為緹雅小姐會傷害蘿蘿。

「應該不是為了轉移詛咒吧？」

「不可能有那種事。」

我立刻否定亞里沙的發言。

「畢竟是那個緹雅小姐，或許是為了保護蘿蘿吧？」

儘管不知道她為何要這麼做就是了。

「——主人。」

跑在前方的莉薩發出警告。

前方的大門打開，大魔女的首席弟子莉米小姐衝了出來。

「停下來！你們不能通過這裡！」

首席弟子用術理魔法系的牆壁擋住道路，緹雅小姐和蘿蘿就在她出現的那扇門裡面。

「我們接到了緹雅小姐的支援請求才趕過來。」

我借助詐術技能這麼對首席弟子說。

「——緹雅大人的？」

雖然她有一瞬間差點就相信了，立刻就搖搖頭並狠狠地瞪了過來。

「少騙人了！現在的緹雅大人——緹雅她根本沒辦法叫人過來。」

真是難纏。為了支援詐術技能，我也試著動用了交涉和說服技能。

「不，並不是現在。緹雅小姐是在受到詛咒的當下通知我的。」

我一邊這麼編理由，一邊舉起剛剛也讓守衛看過的「大魔女的騎士」證明。

「緹雅小姐——不，大魔女大人就是為了這種時候，才會在這上面灌注魔法。」

當然，這完全就是在說謊。

「是用那個把你找過來的？為了什麼？」

——為了什麼？要說是什麼好呢？對了！

「當然是為了驅除詛咒。」

我透過儲倉從懷裡拿出準備好的手套戴了起來。

這是在巴里恩神國驅除勇者詛咒時使用的手套升級版，手背上有個散發出藍色聖光的魔法陣。之前那個其實只是在演戲，但這次的是好好用刺繡架構聖碑迴路的真正魔法道具。

雖然我就算空手也無所謂，這是為了增加對其他人的說服力和不必找藉口才準備的。

我讓手套的魔法陣發出藍色光芒，露出真誠的表情對首席弟子說：

「我以『大魔女的騎士』稱號提出請求——請讓我晉見大魔女大人。」

「……我明白了。能過去的只有你一個，其他人請在休息室等候。」

互看了一會兒之後，首席弟子決定讓步。

「跟我來。為了避免擾亂結界，請儘快通過。」

仔細一看，門前的地板上放著由驅魔荊棘張設的結界。

我不打破結界地小心翼翼進入室內。寬敞的室內放著一張加了大型頂篷的床，一臉擔憂的蘿蘿正坐在床邊的椅子上。

——太好了。

蘿蘿本人似乎平安無事。

即使已經透過地圖情報知道情況，像這樣親眼確認還是比較放心。蘿蘿穿著和魔女弟子一樣的長袍，頭上戴著荊棘寶冠應該是為了保護她不受瘴氣和詛咒影響吧。

『主人，情況怎麼樣？』

亞里沙傳來戰術輪話。

因為進入了塔內，似乎能夠毫無妨礙地接通。

我對夥伴們說了句：「蘿蘿沒事。」接著環顧整個房間。

以床為中心，這間放置西洋風格家具的寢室張設了好幾層驅魔結界，地板上還描繪著十分複雜且用來驅除詛咒的魔法陣。

正如亞里沙她們所料，圍著魔法陣的魔女弟子們正在詠唱的，毫無疑問是驅除詛咒的儀式魔法。

「目前正在進行儀式魔法。靠近大魔女大人時，請小心別踩到地上的魔法陣或道具。」

「真的可以嗎？」

「沒關係。因為這不是一次就能結束的魔法。」

原以為她會請我等到儀式魔法結束，看來直接過去緹雅小姐身邊似乎也無所謂。畢竟蘿蘿也待在魔法陣最內側的圓圈內嘛。

「佐藤先生！」

蘿蘿在看到我之後叫了出來，但立刻就用手摀住嘴巴降低音量。

「大──緹雅小姐……緹雅小姐她不好了！」

她本來想用大魔女來稱呼緹雅小姐，很快就注意到這是失言並改了口。看來蘿蘿已經知道緹雅小姐的真實身分就是大魔女了。

「我知道。交給我吧。」

我這麼說讓蘿蘿坐回椅子上，穿過從頂篷垂落的床簾來到床邊。

──瘴氣好濃。

明明床上放了好幾個能夠吸收瘴氣、類似香爐的魔法道具，瘴氣卻濃到像是在迷宮深處一樣。

更何況，那些瘴氣還是從床上露出痛苦表情的緹雅小姐身上散發出來的。

為了儘量減少瘴氣，我全力釋放平時壓抑的精靈光，並且將發出聖光的手套聖碑按在她額頭上。

或許是產生了效果，原本痛苦地緊閉雙眼的緹雅小姐緩緩地睜開眼睛。

「——歡迎你，我的騎士大人？」

緹雅小姐勉強地對坐在床邊的我露出笑容。

「你替我……向蘿蘿……隱瞞了呢。」

是指緹雅小姐的真實身分是大魔女的事嗎？

畢竟她似乎希望我能保密，而且就算不說對蘿蘿也沒有壞處嘛。

「不必勉強自己說話。如果肯定的話，請妳動一下食指；否定的話，就動拇指。」

我這麼說，然後握住緹雅小姐的手。

「犯人是之前提過的傢伙嗎？」

她動了動食指——答案是「YES」。

「犯人也盯上蘿蘿了嗎？」

拇指動了動——答案是「NO」。

「您有適合的對抗策略嗎？」

她同時動起食指和拇指，意思是既肯定又否定。也就是說，雖然有對抗策略，卻不確定是否有效的意思吧。

「「「……■　消除詛咒。」」」

聊到一半，弟子們發動消除詛咒的魔法。

發動瘴氣視的我看見施加在大魔女身上的數十層詛咒正接連不斷地遭到除去。

——咦？我好像不必動手就能搞定了耶？

我瞬間覺得有些沮喪，不過從大魔女體內冒出的瘴氣隨即就像動畫重播一般化為詛咒，再度覆蓋住緹雅小姐的身體。

「你擁有……很稀有的……技能呢。」

緹雅小姐一臉難受地說。

看來她發現我用了瘴氣視。

「正如……你看見的，直到對手……放棄為止——」

我用食指抵住緹雅小姐想接著說出「會繼續驅除詛咒」的嘴。

「我已經把握情況了，我也來幫忙吧。」

別看我這樣，因為拉庫恩島的蕾伊她們和勇者隼人那件事的緣故，我很習慣驅除詛咒。

我將背面刺上聖碑迴路的手套拿給緹雅小姐看。刺繡使用浸泡了青液的祕銀線，因此看起來非常靈驗。

「藍色光芒——是神聖的神器？」

不是那麼誇張的東西。

「請妳放輕鬆。」

我並未回答緹雅小姐的問題，小心翼翼地剝除侵蝕她身體的詛咒。

由於擁有解除詛咒技能的緣故，我能夠輕鬆地剝除詛咒。畢竟俗話說「害人終將害己」，剝除的詛咒就用反射詛咒技能還給下詛咒的人吧。假如亞里沙在，感覺會說出「能下詛咒的只有做好被詛咒覺悟的人」之類的話。

緹雅小姐的呼吸稍微變得平穩了些。

「稍微舒服一點了，那個道具真厲害呢。」

說話的力氣也恢復了。此時緹雅小姐側過身子想要喝水，於是我扶著她喝了點水。

只差一點就——嗯？

因為太細，所以之前沒發現，坐起身的她背上有一條類似詛咒絲線的東西。

「稍微失禮了——」

我爬到床上將緹雅小姐抱起來。

「咦？你要做什麼？」

我無視蒼白臉頰泛起紅潤的緹雅小姐，確認起從她背上延伸的詛咒絲線。

多虧將她抱起，我才能清楚地看見。

——就是這個吧。

我將手指做成剪刀形狀，喀嚓一下剪斷了詛咒絲線。

「——騙人，身體好輕？」

剪掉詛咒絲線的同時，侵蝕她身體的瘴氣在我精靈光的影響下逐漸散去。

「這樣的話——■■……■　神威詛咒蹂躪。」

緹雅小姐在我懷裡展開詠唱，自行將剩餘的詛咒驅除了。

真不愧是大魔女，是個相當華麗的魔法。

「糟糕——蘿蘿！」

此時我看見遭到緹雅小姐驅逐的詛咒殘渣朝蘿蘿飛去。

——休想得逞喔？

我將看似殘渣尾巴的部分抓住，強硬地把它拉了回來，將在手中掙扎的詛咒殘渣像泥丸子般揉成一團，用手掌內側發出的聖刃將其徹底消滅。

真是的，居然想詛咒蘿蘿，無禮也該有個限度。

「該怎麼說呢……你真是離譜呢。」

緹雅小姐笑了笑。

「都是多虧了這個手套。」

總覺得她已經發現了，不過我還是找了個藉口。

「——緹雅大人！」

首席弟子掀開床簾走了進來，蘿蘿也跟在後頭。

「緹雅大人？」

「佐、佐藤先生！」

——咦？

兩人的表情怪怪的。

我和緹雅小姐彷彿串通好一般沿著她們的視線一看，才注意到我們現在的姿勢。

由於我用雙手手掌將衝向蘿蘿的詛咒搓成球狀，似乎導致姿勢變成我將抱起來的緹雅小姐緊緊抱住的模樣。

「等……不是這樣！」

緹雅小姐顯得非常動搖。

雖然在床上看起來有點那個，畢竟只是進行治療行為而已，我認為不必那麼慌張。不如說，慌慌張張的看起來更像是在隱瞞見不得人的事情嘛。

蘿蘿鼓起臉頰的樣子也很可愛。

「緹雅大人，比起這種事，詛咒怎麼了？」

「已經驅除了。一切都是託佐藤先生和妳們的福——謝謝你們。」

緹雅小姐恢復認真的表情，向我和弟子們道謝。

◆

「莉米，把裝在籠子裡的烏鴉拿過來，我要準備使魔。」

接到緹雅小姐命令的首席弟子走出床簾外。

「難不成——」

「嗯。」

緹雅小姐一邊對我的提問點了點頭，一邊從自己的道具箱裡拿出有勇者屋商標的營養劑喝起來。

「事情還沒結束。」

緹雅小姐說出這句話的同時，瘴氣——不，詛咒的觸手從地板上冒了出來，朝著緹雅小姐和蘿蘿延伸過去。

我讓手套的魔法陣發出藍色光芒，驅散所有的詛咒觸手。

「——佐藤先生？」

對於看不見詛咒和瘴氣的蘿蘿來說，我的動作似乎很奇怪。

「真有一手呢。再麻煩你應付一下了。」

喝完營養劑之後，接著也把魔力回復藥一飲而盡的緹雅小姐說。

「我把烏鴉拿過來了。」

首席弟子拿過來的烏鴉，是一種裝在巨大籠子裡的魔物，而且還有五隻。

「我要進行使魔儀式，妳也來幫忙。」

「謹遵大魔女大人吩咐。」

歷經漫長的詠唱，魔法「使魔契約」發動，烏鴉魔物們成為緹雅小姐的使魔。

「雖然很抱歉，等著你們的是嚴苛的工作，儘管恨我吧。」

——ＫＷＺＡＡＡ。

使魔們彷彿在說「包在我身上」似的張開翅膀，發出如同獲勝般的咆哮。

緹雅小姐也戴上與蘿蘿一樣的荊棘寶冠，以寶冠作為媒介施展提升詛咒耐性的強化。

「佐藤先生，已經可以了。」

當我不再驅散詛咒後，被衝散導致速度下降的詛咒觸手先是遲疑了一下，接著朝使魔的方向伸展過去。

——ＫＷＺＡＡＡ。

詛咒試圖纏住其中一隻烏鴉，但每當烏鴉發出叫聲，詛咒似乎就會浮現在牠們的身體表面，被其他烏鴉啄掉並失去作用。

我本來也打算幫忙，但牠們的自尊心似乎很強，對我發出了拒絕的威嚇聲。

「這些孩子的種族有很強的詛咒耐性。雖然應該爭取不了多少時間，就趁著這些孩子努力的期間來思考對策吧。」

依照緹雅小姐的說法，要是離烏鴉太遠就無法轉移詛咒，因此決定在她的寢室召開作戰會議。姑且不論直接被犯人盯上的她，蘿蘿稍微離遠一點似乎也沒關係。

由於包含首席弟子在內的弟子們先前不眠不休地使用儀式魔法，緹雅小姐便命令她們去短暫小睡。

「緹雅小姐，可以把我的夥伴們叫過來嗎？」

雖然我已經透過「戰術輪話」把狀況告訴夥伴們了，她們肯定還是很著急吧。

「嗯，沒關係。」

「謝謝妳。蘿蘿，不好意思，可以請妳去把露露她們叫過來嗎？」

「好的，我明白了。」

就趁蘿蘿出去找夥伴們的時候，向緹雅小姐請教剛剛問不了的事情吧。

「緹雅小姐，剛剛為什麼詛咒的矛頭會指向蘿蘿？」

「——一定要說嗎？」

「是的，請妳告訴我。」

這也是為了保護蘿蘿。

「蘿蘿她啊，是我的子孫。」

「子孫？不是曾孫或者姪女？」

緹雅小姐面帶微笑地點了點頭。

如果從她超過三百歲這種不符合人族形象的年齡來看，似乎沒什麼好奇怪。印象中睿智之塔的塔主菈瑪小姐年紀好像也差不多吧？

「雖然不知道隔了幾代，我知道她和我有血緣關係。目前我剩下的血族只有蘿蘿。」

只有蘿蘿？那露露呢——縱然這麼想，我立刻聯想到蘿蘿和露露有上上代的勇者渡這個共同祖先。在要塞都市成為渡先生伴侶的女性，應該就是緹雅小姐的子孫吧。

不，重點不在那裡。

「蘿蘿是因為子孫這個身分才被盯上的嗎？」

發送詛咒的犯人該不會抱持「詛咒你直到永遠」這種想法吧？

「您真是遭人怨恨呢……」

「不是啦。我有個只有血族才能繼承的祕寶，我想犯人的目標應該就是那個。」

「那個祕寶不會直接被人盯上嗎？」

「這方面不必擔心。只要我或我的血族還活著，任何人都無法碰觸祕寶。」

總覺得有點靠不住，真的沒問題嗎？

「這麼說來沒見到費恩，他人呢？」

「——費恩先生在地底下。我拜託他幫我保護支撐這座都市的中樞。」

緹雅小姐猶豫了一會兒之後這麼對我說。

神獸芬里爾似乎在塔地底下的空白地帶。那裡大概存有都市核，或是像放在「蔦之館」的偽核之類的東西吧。

不，說不定費恩保護的中樞，就是緹雅小姐口中的祕寶也說不定。

「費恩不需要支援嗎？」

「那邊的魔力十分充沛，就算只有費恩先生也沒問題。而且那裡離地脈很近，除了他以外的人或許會受到詛咒的餘波影響。」

原來如此，把費恩送過去是有明確的理由在啊。

——嗯？

「離地脈很近就會被詛咒嗎？」

「沒錯。這次的詛咒就是透過地脈送來。」

「——透過地脈？這種事情辦得到嗎？」

要是能做出這種事，支配眾多源泉和都市核的我也會有危險。

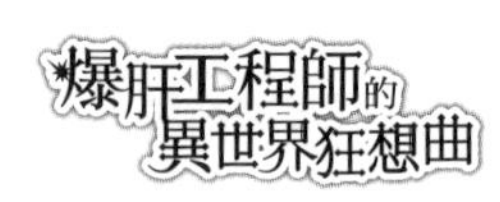

不過，就算有人送詛咒過來，只要扔回去就行了。

「一般而言做不到。我認為，大概是迷宮之主在幫助犯人。」

這麼說來，這裡是類似用硬塞進樹海迷宮的方式建立的城市，那麼如果是支配整個樹海迷宮的迷宮之主，能在各方面強行介入也很正常。

「佐藤先生，我把露露小姐她們叫過來了。」

蘿蘿和夥伴們一起走了進來。大概是在休息室做好了準備，所有人都穿上白銀鎧。待在一起的倉鼠孩子們被娜娜抱在懷裡不斷掙扎。

「太好了，看來妳沒事。聽說妳被下詛咒讓人很擔心耶。」

「呵呵呵，謝謝妳。我被佐藤先生的離譜實力拯救了。」

面對亞里沙的玩笑話，緹雅小姐聳了聳肩。

說人離譜還真失禮。

「Woops～？」

「烏鴉的人倒下去了喲！」

順著波奇和小玉的聲音回頭一看，發現籠子裡的其中一隻烏鴉倒在籠子底部，詛咒轉移到了其他烏鴉身上。原來如此，採用了應付不來的部分就由其他烏鴉接手的系統嗎？

「沒有死。」

「轉移到下一個個體上了，我這麼推測道。」

蜜雅和娜娜窺探裝有烏鴉的籠子喃喃自語。

根據AR顯示，烏鴉雖然沒死，似乎陷入了虛弱狀態。以一隻能夠撐三分鐘左右看來，能用來準備對策的時間還有十二分鐘左右——不，只要數量減少，驅除詛咒的力量也會下降，還是當作只剩十分鐘比較好。

為了避免詛咒在切換目標時使得蘿蘿受到波及，我移動到床和籠子之間注視詛咒的線，以便能夠隨時出手。

對了——

「蜜雅，有能夠對抗詛咒的精靈嗎？」

「嗯，光。露芙。」

蜜雅這麼說完便開始詠唱，似乎打算召喚光的擬似精靈露芙。

只要能藉此支援烏鴉，時間應該也會比較寬裕才對。

「不過居然詛咒了大魔女大人——的弟子，對方是什麼人？」

「叫我大魔女就好，我已經告訴蘿蘿了。」

亞里沙對蘿蘿問：「是這樣嗎？」她便點了點頭。

「對方的身分我沒有頭緒，但我認為大概是那個將魔族送進要塞都市，並讓贊札桑薩變心的傢伙。」

「既然出現了上級魔族，會是魔王信奉團體搞的鬼嗎？」

「我想應該不是。如果真是這樣，他們應該不會做出利用贊札桑薩這種拐彎抹腳的事，而是會直接讓上級魔族發動奇襲才對。而且這次也是試圖用詛咒來讓我變得虛弱，如果真的是魔王信奉團體做的，那目的實在太難理解了。」

「會不會是想把要塞都市的人們當成魔王復活的活祭品？」

「原來如此，也有這種可能性呢。趁我變虛弱的時候——慢著，好像有魔族入侵了。」

與亞里沙聊到一半時，緹雅小姐發出警告。

緊接那之後——

爆炸聲從遠方傳來。

我用地圖確認了一下，發現都市外圍似乎有個被魔族附身的魔法使冒險者正在大鬧。

除此之外，還有約十隻技能擅長潛入的魔族入侵都市。

「我去處理一下。」

儘管離開這裡會有點擔心，這種程度的數量只要三分鐘就能殲滅。

「慢著，主人。主人你就留在這裡，消滅嘍囉就交給我們吧。」

亞里沙透過戰術輪話向夥伴們下達指示。

『莉薩小姐同波奇和小玉去排除入侵都市的魔族，主人會指引妳們前往魔族所在的位置。娜娜守住塔的入口，露露去陽臺解決接近的魔族，我負責索敵和游擊戰，蜜雅則繼續進行詠唱。』

「了解——小玉、波奇，我們走。」

「系系系～」

「了解喲！」

獸娘們衝了出去。

「稍微離開一下，我這麼告知道。」

「娜娜，加油。」

「娜娜，不要受傷了。」

「娜娜，**慢酒**。」

娜娜也在倉鼠孩子們的目送下離開房間。

「那麼我就去陽臺上了。」

「露露小姐，外面風很大，請用這個。」

「謝謝妳，蘿蘿小姐。」

蘿蘿將防風用具遞給露露。

『莉薩就這樣繼續往前走，波奇在下一條路往右轉，小玉去左邊建築物的屋頂上。』

我用戰術輪話引導獸娘們。

因為小玉能夠無視地形進行移動，引導起來很輕鬆。

「你們真厲害呢，第一隻魔族已經消失了。」

緹雅小姐發出驚訝的聲音。她大概以大魔女的身分，透過張設偵測網發現這件事了吧。

「那方面交給她們就行了，這下就能確定犯人是魔王信奉團體了嗎？」

「雖然可能性提高了，還是不清楚他們為何要做出使用詛咒這種拐彎抹角的事。畢竟只要讓之前的上級魔族發動奇襲，要塞都市應該也會受到更嚴重的傷害才對。」

「代表他們就是這麼忌憚大魔女和神獸芬里爾吧？」

「如果是這樣就好了……」

我想他們的主要目的大概是想得到緹雅小姐剛才提到的祕寶，所以才沒有派出上級魔族發動奇襲。

這麼一想，代表比起復活魔王，對方更重視祕寶。

「緹雅小姐，我可以把剛剛的事情告訴亞里沙她們嗎？」

「是指對方的目標是祕寶的事嗎？」

當我點頭之後，緹雅小姐自己向亞里沙她們說明了剛剛的事。

「原來如此。既然目標是祕寶，犯人就未必是魔王信奉團體了呢……」

「就是這樣。由於目前暫時沒有頭緒，比起找出犯人，我決定以討伐侵入的魔族和完全隔絕詛咒為優先。」

緹雅小姐這麼做出結論。

或許是還留著詛咒帶來的疲勞，緹雅小姐腳步有些踉蹌，蘿蘿連忙扶住她。

「要鞏固防禦？還是以展開反擊為優先呢？」

「因為詛咒來自地脈，想鞏固防禦的話，現在的做法就是極限了。」

「切斷地脈怎麼樣？」

「不能那麼做。一旦切斷地脈，都市的支配權就會完全被迷宮之主奪走。」

據說要塞都市阻礙著樹海迷宮的成長，迷宮之主或許是為了這個目的，才協助犯人也說不定。

「那麼，只能反擊了呢。能不能反過來利用對方傳送詛咒的途徑，由我們主動發送詛咒過去呢？」

「我想效果大概無法期待。畢竟對手是詛咒專家，反彈詛咒的對策肯定十分充足。」

「也就是應付『回馬槍』的對策很完美吧。」

緹雅小姐說得沒錯。我在剝除緹雅小姐身上的詛咒時將詛咒反彈了回去，但該說是對牛彈琴還是白費力氣呢，沒有絲毫手感。

「話雖如此，也不能什麼都不做呢。」

——KWZAB。

第二隻烏鴉也在緹雅小姐面前倒了下去，詛咒的勢頭正不斷增強。

照這個情況看來別說十分鐘了，連五分鐘都維持不了。

「——不好了，潛入的魔族進行分裂了。看來是覺得莉薩她們很危險呢。」

根據地圖情報，魔族似乎分裂成等級一的小型老鼠。

總數超過一千，數量非常驚人。

「主人。」

「不行，牠們鑽進下水道和建築物裡了。」

因為很危險，這下無法使用追蹤箭將牠們一網打盡。

只能由我親自出馬，用閃驅和縮地按部就班加以清除了——然而……

——KWZAB。

第三隻烏鴉在我面前倒了下去，速度太快了。

要是我直接離開這裡，等最後的烏鴉倒下就沒人能驅除詛咒了。

究竟是要賭自己是否能在時間內消滅所有鼠魔族，還是保險起見留在這裡按兵不動，我稍微猶豫了一會兒。

「沒問題。」

聽見這句話，我抬起原本低垂的頭。

「這裡可是冒險者的城鎮，要塞都市阿卡緹雅喔。既然對手主動分裂成小嘍囉，對付的方法就要多少有多少。」

變成大魔女模式的緹雅小姐可靠地說。

「莉米！」

「──在這裡。」

當緹雅小姐搖動鈴鐺呼喚首席弟子的名字之後，本該還在休息的她用瞬間移動出現在我們面前。

「向冒險者公會發布緊急委託，要大家去狩獵在都市內變成老鼠的魔族！」

「遵命。」

首席弟子退出房間，從地圖可以知道她移動到中央冒險者公會的大廳。

『這是來自大魔女大人的緊急委託！通知所有冒險者！解決入侵都市內的鼠型魔族！』

位於公會的首席弟子聲音連這裡都聽得見。

大概是使用了擴音的魔法裝置吧。

從這裡能夠看見冒險者們如同雪崩般衝出公會入口的光景。對要塞都市的冒險者來說，來自大魔女大人的緊急委託似乎比任何事都更重要。

「要怎麼分辨魔族的老鼠呢？」

「哼哼，你以為我是誰？只要在要塞都市，我就是萬能的。」

緹雅小姐無視自己被詛咒的事，露出得意的表情。

「■　標記。」

接著她進行類似都市核指令的詠唱。

「妳做了什麼？」

「讓魔族的位置變得容易分辨。」

我用空間魔法「眺望」進行確認，發現鼠魔族都發出耀眼的光芒。原以為這對躲在地下或建築物陰影處的目標沒有意義——才剛這麼想，立刻有個熊人冒險者打破牆壁出現，用骨槌粉碎了鼠魔族。

雖然一般武器照理說對魔族沒有效果，要塞都市的冒險者們大多都拿著被詛咒的骨製武器，所以能夠正常地解決魔族。

『——主人，冒險者們正不停地收拾發光的魔族，那些人似乎知道魔族的位置。』

亞里沙的聲音透過戰術輪話傳了過來。

看來我見到的情況到處都在發生。

『Yes～？』

『能隱約知道牠們在牆壁對面和地底下喲！』

『是的，雖然不知道原理——但很方便。』

獸娘們也以不輸給其他冒險者的速度狩獵鼠魔族。

「魔族的事這樣就行了，接下來就是時間的問題了呢。」

——ＫＡＺＡＢ。

第四隻烏鴉在眼前倒了下來，只剩下一隻了。

「……■　光精靈創造。」

持續進行詠唱的蜜雅完成咒文。

她召喚出具有少女外表、渾身散發光芒的擬似精靈露芙。

「露芙，驅除詛咒。」

——ＲＵＲＵＲＵ。

露芙發出如同搖響數個風鈴的聲音和閃光，驅散四周的瘴氣。

「蘿蘿，好刺眼。」

「蘿蘿，眼睛好痛。」

「蘿蘿，救命。」

嚇了一跳的倉鼠孩子們抱住蘿蘿。

「呃，烏鴉發光了……」

大概是光精靈露芙對牠施展了類似強化的東西吧。

仔細一看，才發現微型魔法陣宛如鍊甲般覆蓋住烏鴉全身。

魔法陣發出「砰砰砰」的聲音一一分解，看來是在跟詛咒觸手相互抗衡。

而詛咒的反應雖然減弱，似乎還沒有消失。

「唔，難纏。」

蜜雅露出不滿的表情說。

「謝謝妳，蜜薩娜莉雅小姐。詛咒的氣勢減弱了，這樣就夠了。」

「嗯。」

——KWZAAA。

全身散發光芒的烏鴉彷彿在說「我還撐得住」似的，張開翅膀高聲鳴叫。

這樣感覺還能撐個二十分鐘。

「佐藤。」

原本固執地襲擊烏鴉的詛咒觸手逐漸縮了回去。

「這算是……贏了嗎？」

「好像是這樣呢──」

──不對。

「蜜雅！快讓光精靈（露芙）使用對付詛咒的技能！」

「蘿蘿！過來這裡！」

在我向蜜雅下達指示的同時，領悟到同一件事的緹雅小姐將蘿蘿抱進懷裡。

接著我用「理力之手」將被拋下的倉鼠孩子們和待在陽臺的露露拉到身邊。

「嗯，露芙！」

──ＲＵＲＵＲＵ。

光精靈露芙發出的光芒被腳下噴出的濃厚瘴氣蓋過。

『區區一介魔女！』

一道詭異、噁心且扭曲的聲音從瘴氣深處響起。

「看來對方似乎先撐不住了呢。」

緹雅小姐露出無畏的笑容。

黑暗逐漸擴散，想把我們吞噬進去──

「休想得逞！」

卻被亞里沙用空間魔法抵擋。

「露芙，加油。」

——ＲＵＲＵＲＵ。

露芙的光芒將黑暗推了回去。

『該死的魔女們，還想抵抗嗎！』

幕後黑手的瘴氣和露芙的光芒激烈衝突，從黑暗深處能看見一道類似漩渦的門。

——就是**那個**。

我依照自己的直覺衝進黑暗之中**抓住漩渦**，用力將其拉開。

下個瞬間傳來扯開某樣東西的觸感，我想大概是將緹雅小姐用來妨礙空間魔法的結界給撕開了。我應該更小心一點才對。

當我正在反省的時候，眼前的漩渦對面變得清晰。

扭曲空間的對面有個人影。對方是個身穿骯髒長袍、外表病厭厭的獸人。儘管因為空間扭曲，無法辨識獸人的種族，他的半張臉已經腐爛，看起來慘不忍睹。而他似乎還沒注意到我們。

「他就是真正的犯人？」

「似乎是呢——我不認識這個人。」

坐在床上的緹雅小姐和蘿蘿從我身後看著漩渦。

露露用輝焰槍指著獸人的臉。

「用死靈冥王的咒物發出的詛咒竟然不管用——唔！」

此時原本在自言自語的獸人終於發現我們了。

或許是扯開漩渦的緣故，聽到的聲音比剛剛還要清楚。

「將詛咒的通道連接起來了嗎，小鬼！你就是把詛咒反彈給老夫的罪魁禍首嗎！」

獸人用手摀住腐爛的臉，怒氣沖沖地瞪著我。

原來如此，他的臉會腐爛是詛咒反噬的影響嗎？雖然沒有手感，似乎好好發揮了作用。

「既然空間已經連上，就沒必要耍小手段了！」

獸人眼前冒出幾個紅黑色的漩渦。

感覺有點危險。

「就讓你見識惡魔召喚師的真隨！」

——惡魔召喚師？

雖然出現了令人在意的詞彙，然而沒必要追究。

這是因為樹皮魔族從眼前幾個浮現的紅黑色漩渦湧出，從我扯開的扭曲空間對面撲向我們的緣故。

「開始掃射！」

「——露露。」

露露的輝焰槍不斷開火，在魔族跨越漩渦境界前將其殲滅。

此時如同小型蝴蝶的魔族穿過宛如機關槍的火線鑽了過來。

——精神魔法。

那是一隻體型雖然嬌小，卻擁有麻煩技能的中級魔族。

我用指尖伸出魔刃，將中級魔族一刀兩斷。

——YMTTTHYUMEE。

＞抵抗了「精神混亂」魔法。

我移到視野角落的紀錄視窗出現這段文字。

看來牠在被打倒之前使出了魔法。

「咯哈哈哈！自相殘殺吧！這正是與骯髒魔女相符的結局！」

獸人在扭曲空間的另一邊表情醜陋地發出嘲笑。

雖然對他很抱歉，受到精神魔法影響的只有倉鼠孩子們而已。我自然就不用說了，夥伴們也因為黃金鎧標準的精神魔法對策機構而平安無事。緹雅小姐和蘿蘿則藉由大魔女製作的裝備——大概是荊棘寶冠——所以沒有受到影響。

「蘿蘿，不好了。」

「蘿蘿，好好吃。」

「蘿蘿，花椰菜～」

「大家怎麼了？」

身後傳來花瓶打破的聲音。

看來是神智不清的倉鼠孩子們把花瓶當成花椰菜砸碎了。

那邊就交給蘿蘿她們應付吧，現在要先對付幕後黑手。

「為什麼！為什麼沒有失控？那可是中級魔族的精神魔法啊！」

見到除了手無縛雞之力的倉鼠孩子們之外，所有人都平安無事，獸人憤怒地大聲叫喊。

『主人，我掌握扭曲空間了！如果只有一瞬間，我能夠開啟移動到另一邊的門！』

不愧是亞里沙。她似乎在擊退對面的黑暗時，順便做好了反擊的準備。

「緹雅小姐，現在看來能反過來利用對方的法術攻過去，這邊可以交給您嗎？」

我利用「腹語術」技能在緹雅小姐耳邊輕聲說。

「太亂來了！」

緹雅小姐小聲回答。

這種程度的音量，對面應該聽不到。

「衝進對手的支配領域，實在亂來過頭了。」

「佐藤先生，不可以！露露小姐也來阻止佐藤先生吧！」

蘿蘿大聲地阻止我。

「不，蘿蘿小姐，主人不要緊。只要我和大家同心協力，就絕對不會有問題。」

「……露露小姐。」

露露伴隨絕對的信賴說服蘿蘿。

由於這邊似乎不要緊了，我用戰術輪話將前去殲滅鼠魔族的夥伴們叫了回來。

「烘焙點心。」

「感覺真好吃。」

「我要吃。」

縱然在正後方以至於看不見，即使在這種狀況下，倉鼠孩子們還是老樣子。

——老樣子？

倉鼠孩子們應該還處於混亂狀態才對。

「啊！不行！」

「蘿蘿，不可以拿走。」

「蘿蘿，獨占。」

「蘿蘿，還給我。」

「不可以！」

在我聽見蘿蘿著急的聲音而打算回頭的時候，耳邊傳來亞里沙的迫切警告聲：「主人，前面！」

我將視線轉回前方一看，發現獸人正將像是樹墩的東西變形，做出類似大砲的東西。儘管大小不同，外觀就跟樹皮上級魔族使用的那個大砲一模一樣。

「糟糕——」

大砲開始聚集光芒，轉眼間就進入發射狀態。

「——方陣。」

我藉由快速更衣技能配戴起在碧領試作的手環型方陣啟動裝置，並且在扭曲空間中展開方陣。

光是這樣恐怕會遭到突破，於是我在方陣前面加上最大三十二片的自在盾進行支援。

閃光和爆炸聲充斥整個扭曲空間。

看來比預料中更輕鬆地抵擋下來了。與外表不同，威力似乎比上級魔族的大砲要來得低許多。

總覺得在爆炸聲的另一端好像聽見了獸人的慘叫聲，大概是我的錯覺吧。

「——蘿蘿小姐！」

「蘿蘿！」

蘿蘿和緹雅小姐的慘叫聲傳了過來。

我回頭一看，發現蘿蘿渾身是血，倉鼠孩子們則不知所措地放聲大哭。

蘿蘿的臉被劃傷了。傷口很深，再這樣下去會留下傷痕。

「亞里沙！」

我透過儲倉從亞里沙的胸口拿出上級魔法藥。

「蘿蘿，喝下去！」

亞里沙毫不猶豫地拔開瓶蓋，將上級魔法藥淋在蘿蘿的傷口上，接著把藥灌進她嘴裡。

在蘿蘿喝下藥水之前，傷口就已經完全消失了。畢竟她是名妙齡少女，我還在想如果可能會留下疤痕，待會兒再使用萬靈藥，看來沒這個必要。

「蘿蘿，對不起。」

「蘿蘿，原諒我。」

「蘿蘿，很痛嗎？」

「大家，我不要緊啦。」

因為讓蘿蘿受傷的衝擊，倉鼠孩子們的混亂狀態似乎解除了。

現在我才注意到，倉鼠孩子們的腳下散落著沾血的花瓶碎片。應該是混亂狀態的倉鼠孩子們把碎片當成烘焙點心，在蘿蘿打算搶走的時候不小心讓她受傷了吧。

「佐藤先生，後面！」

一把藤蔓製成的長槍瞄準了我的心臟，從我撐開的扭曲空間另一端飛了過來。那把長槍似乎瞄準了自在盾和砲擊抵消後的空隙。

儘管我雙手都被占用，但是沒有任何問題。

要問為什麼——

「瞬動——螺旋槍擊，連續！」

莉薩從窗戶跳了進來，從我身後使用多段型的螺旋槍擊將藤蔓擊落。

「謝謝妳，莉薩。」

「不，能趕上真是太好了。」

她露出自豪的表情瞪著扭曲空間的另一端。

「晚了一步喲！」

「遺憾～」

波奇也從窗邊現身，小玉則從地板的影子裡冒了出來。

「幼生體！」

娜娜的聲音和平時不同。

「弄哭幼生體的人是誰，我這麼逼問道。」

她很罕見地動了怒。

「事件的幕後黑手就是犯人喔。」

「主人，請讓我討伐幕後黑手，我這麼要求道。」

亞里沙說完，總是面無表情的娜娜用充滿怒氣的眼神向我提出要求。

「緹雅小姐，事情就是這樣，我們稍微離開一下。」

「知道了。蘿蘿她們就交給我吧。」

「佐藤先生……」

蘿蘿注視著我。

「沒事的，蘿蘿。緹雅小姐，可以請妳暫時把這個漩渦固定住嗎？」

「當然，這種程度不過是小事一樁。」

緹雅小姐用我沒有印象的詠唱將漩渦固定住。

據說這似乎是支撐在樹海迷宮中建立要塞都市根幹的咒文。

「我出發了。」

我再次這麼對蘿蘿說。

雖然她沒有開口要我別去，表情依然十分擔心。

「蘿蘿，佐藤先生他們沒問題喲。對吧，佐藤先生？」

「是的，那當然。」

我點頭同意緹雅小姐說的話。

「我……明白了。請務必要平安無事地回來。」

「當然。畢竟我們可是『不見傷』的潘德拉剛啊。」

所以，我們絕對會毫髮無傷地回到這裡。

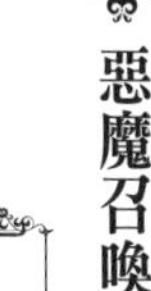

惡魔召喚師

「我是佐藤。俗話說『聰明反被聰明誤』，越是覺得自己聰明的人，越容易落入簡單的陷阱裡。因為總會採取合理的行動，才容易遭到誘導吧。」

「等我進去之後，請妳解開固定。」

我這麼對緹雅小姐說完，就朝著請她維持的扭曲空間對面跳了進去。

明明出口是正面——看起來像是水平方向，卻不知為何往下墜。

「嘿～喲！」

沿著聲音回頭一看，發現夥伴們以波奇為首全部跟了過來。

「請讓我們同行。」

「Together～」

「一起。」

「主人，替幼生體報仇也是我的任務，我這麼主張道。」

莉薩、小玉和蜜雅這麼主張，娜娜也露出充滿鬥志的眼神說。

「大家……」

「我們當然也要一起去——對吧，露露？」

亞里沙對有些無奈的我這麼說，露露也用眼中沒有笑意的笑容回答：「是的。」

看來她似乎也對傷害蘿蘿和倉鼠孩子們的幕後黑手感到生氣。

大家背後的入口關了起來。

如果是現在的夥伴們，應該沒那麼容易有危險。

「我明白了，大家一起去吧。」

因為墜落速度很快，我用「理力之手」支撐大家，使用天驅尋找能夠落地的地點。

這裡似乎是沒有地圖的空間，無法好好分辨地形。空間掌握技能得到的地形情報很不穩定，隨時都在變化的牆壁讓人有種被吞進生物內臟裡的錯覺。

「是岔路喲！」

「呃，真的耶！」

往下墜落的道路分成了兩條。

我在岔路口著地，確認起兩邊的通道。

「這邊。」

「有種討厭的感覺～」

蜜雅和波奇手指的通道能感覺到濃厚的瘴氣。

「那麼，就是那邊了呢。」

「——慢著。」

亞里沙露出一副像是在說「走吧」的表情看著我，然而我制止了她。

「不知道前面有什麼在等著我們，換成黃金鎧吧。」

因為不清楚敵人據點的規模，就重視續戰力，避免使用需要大量魔力的強化外裝就行了吧。我也用快速更衣技能換上勇者無名的服裝。

儘量讓生存率高一點比較好。

「知道了——『真裝』！」

亞里沙擺出一開始登錄的奇特姿勢變身成黃金鎧的模樣。

高速穿脫機能似乎立刻就大顯身手。順帶一提，關鍵字是亞里沙自己決定的。夥伴們也用各自決定的關鍵字換上黃金鎧。

我試著觀察了一下，無論是回收撤下的白銀鎧，還是裝備從收納空間出現的黃金鎧都很流暢，沒有任何問題。

雖然目前只能用一開始決定的姿勢和關鍵字來進行著裝，這方面我打算持續進行版本更新。畢竟亞里沙曾經說過，總有一天希望能像名作漫畫一樣，做出背後空間裂開、裝備從空間裡出現的演出。

「會不會有點樸素啊？果然還是用『甜美變身！』，或是『來吧，黃金鎧！』之類的橫幅文字會比較好嗎？」

亞里沙還在糾結那方面的事情，但這些之後再說。

「以拿出飛空艇來說這裡有點狹窄，就直接動身吧。」

我用「理力之手」抬起大家，朝著小玉和蜜雅指示的道路跳下。

之後雖然也遇到了幾條岔路，我立刻藉由瘴氣視確認路線，平安地抵達終點。

「牆壁～？」

「在腳下所以是地板，我這麼告知道。」

「哦～Mistake～」

被娜娜糾正的小玉用充滿大叔氣息的動作拍了一下自己的額頭。

「要著地嘍。」

我抬著大家用自己的雙腳著地——接著腳就像遇到幻覺一樣，穿過了地板。

下一瞬間，我們來到一個寬敞的空間。透過黃金鎧的過濾器吸到的新鮮空氣十分舒服。

「哇喔～」

「空中？」

「側著身體掉落喲！」

腳底改為朝水平方向。

不，看來是在穿過地板的瞬間，變成了垂直方向。

我用天驅朝著感覺到重力的筆直方向調整姿勢，也將夥伴們的姿勢恢復正常。

這裡距離地面約五百公尺，周圍沒有飛行物體。

看來似乎回到正常空間了。

「冷靜點，不可以慌張。」

莉薩雖然這麼說，或許是因為怕高，她緊緊抱著飄浮在附近的我。

剛剛明明也在墜落，但可能是地面看起來很遙遠，再加上沒有任何地飄在空中，她才會感到害怕也說不定。畢竟在迦樓羅和飛空艇上就表現得很平常。

「呀，好可怕～」

「嗯，恐怖——■風。」

大概覺得這是個近距離接觸的好機會，亞里沙特地使用短距離轉移抱住了我。

蜜雅也故意用精靈魔法颳起風跟了過來。

「波奇也要。波奇也想貼在一起喲！」

波奇在空中不停擺動手腳，但那樣無法拉近距離。

「總會有辦法啦～」

小玉用忍術讓自己和波奇朝我的方向移動。

因為娜娜和露露用眼神示意，於是我也用「理力之手」將兩人拉了過來。

「好了——」

我開啟地圖打算確認狀況，發現內容與剛才不同，顯示著地圖的名稱。

地圖上寫著「異界：被切下的樹海」。當我用探索全地圖魔法詳細調查之後，得知這裡是將樹海迷宮的部分叢林切下，放進半徑約一公里的球形內異空間。

異空間的中央有一座建築物。

「居然偏偏是邪神殿嗎——」

雖然覺得應該不是真的，封印著魔王「死靈冥王」屍骸的邪神殿位於異空間中央，讓我有種非常不好的預感。

「——幕後黑手好像就在那裡面呢。」

因為假邪神殿的地下是空白地帶——其他地圖的關係所以無法斷言，但他人在這個沿著詛咒通道抵達的異空間的可能性非常高。

此時地上有光芒閃了幾下。

「喵。」

——察覺危機。

「有什麼東西來了喲！」

我用天驅帶著大家移動。

來自地面上發出的光彈不斷朝我們襲來。

「地面上有飛行魔物飛上來了！」

露露發出警告。

以使用火箭噴射的樹木——噴射樹打頭陣，擁有鳥類輪廓的魔物和外型類似香菇或水母般柔軟的魔物依序飛上空中。

根據AR顯示，牠們似乎全部都被魔族附身了。

「好耶～！這裡就由小亞里沙用火魔法——」

「不，亞里沙。這時候應該展示新裝備，我這麼主張道。」

娜娜露出嚴肅的表情這麼說完，轉頭看著我。

「主人，請允許。」

「我知道了。允許使用。」

「裝備強化外裝『神槍手』。開始進行殲滅，我這麼告知道。」

娜娜在黃金鎧上召喚槍擊支援強化外裝，加裝在雙手外側、如同格林機砲外形的輝焰槍槍身悄無聲息地開始旋轉。

旋轉式槍身噴出火花，隨即開始接連不斷地射出火焰彈，將如同飛彈般衝在最前面的噴射樹打成蜂窩。

雖然單發威力不如露露的輝焰槍，發射速度卻截然不同，因此很適合對付這種高速移動的敵人。

五隻噴射樹轉眼間就全被擊落，但第二波的鳥形魔物數量很多。

而且反應速度很快，甚至還有能夠勉強閃過娜娜連射的個體。

「只靠娜娜一個人好像有點難對付呢。我稍微支援一下會比較好嗎？」

「不必，亞里沙。這裡就由我來——『神槍手』模式。」

露露也裝上和娜娜一樣的強化外裝，支援娜娜的射擊。

縱然硬體幾乎完全一樣，與胡亂發射子彈形成彈幕的娜娜不同，露露則以相同的間隔發出子彈，準確地射穿魔物的要害，看起來十分誇張。

「波奇也做得到喲！」

「小玉也是～」

波奇拔劍充填魔刃砲，小玉拿出手裏劍擺好架式。

她們好像被神槍手那雨點般的火焰彈刺激到了。

——LYURYU。

嬌小的白龍從波奇的胸口探出頭。

大概是受到波奇的興奮心情影響而醒來了吧。

「是溜溜喲！這裡是敵方陣地，要小心喲！」

——LYURYU。

溜溜表情嚴肅地上下擺動長長的脖子。

「等降落到地面之後才輪到我們上場，現在就好好保存力氣。」

「系。」

「是的喲！」

遭到莉薩告誡，波奇和小玉點了點頭，溜溜見狀也模仿起波奇的動作。

不久之後，飛行系魔物在娜娜和露露的活躍表現下盡數遭到擊墜。

在飛行系魔物被殲滅的同時，與一開始同樣來自地面的攻擊又再度出現。於是我一一鎖定砲擊型的魔物，用「光線」魔法集中狙擊使其沉默。

「這種距離也能百發百中……總有一天應該會變得能從衛星軌道上展開狙擊吧？」

「那種像漫畫一樣的——」

我原本想反駁用傻眼語氣說著的亞里沙，不過立刻就發現透過地圖鎖定的話，似乎就能普通地做到而閉上了嘴。

「看來已經沒有飛行類魔物了呢。『神槍手』解除。」

「狀況結束──『神槍手』解除，我這麼告知道。」

露露和娜娜將強化外裝收了起來。

在收納前我稍微確認了一下，發現兩件外裝的旋轉砲身都在燒燬邊緣。看來也加上能在戰場上更換砲身的機能比較好。

「主人，地面上似乎有許多魔物。」

「這種距離也看得出來嗎？」

「嗯，畢竟在碧領特訓過嘛！」

如同亞里沙所說，地上有上千隻魔物。

魔物們一開始的分布像是在守護假邪神殿，不過現在都離開原本的位置，就像要包圍我們似的展開行動。

「主人！應該不會有人受到牽連吧？」

「至少地面上沒有。」

既然會特地跟我確認，代表精確度似乎不高。

「那麼，就一口氣殲滅牠們吧——蜜雅，要上嗎？」

「嗯，交給我。『魔法師』。」

蜜雅呼喚出增幅魔法用的強化外裝。

因為是法杖的外裝，原本打算叫做「支柱」的，然而在亞里沙的強烈要求下才採用現在的名稱。

「遠距離砲擊模式。」

接到蜜雅的命令，強化外裝張開由晶枝和奧利哈鋼編織而成的翅膀。

「■■■……」

翅膀配合蜜雅清澈的詠唱變形，以她為中心變成類似大砲的形狀。

然後，以蜜雅的魔力為引，強化外裝的聖樹石爐醞釀出的龐大魔力流進了她的體內。

或許是對她幼小的身體負擔太過沉重，蜜雅的額頭浮現汗珠。

詠唱在夥伴們的守望下終於結束了。

「……■　海龍白閃！」

龐大的魔力化為魔法，如同雷射般的超高壓漩渦狀水流由強化外裝翅膀構成的砲身發射出去。

這是她過去在巴里恩神國的魔窟裡對魔王「沙塵王」使用過的禁咒，然而現在的規模比當時大上數倍。

超高壓水流擊中大地，輕鬆掃開密集的樹木，將底下的地面深深地挖開。半徑數十公尺的地面瞬間消失，水流威力絲毫不減地將直接抵達假邪神殿前的大地一直線破壞殆盡。當然，路徑上的魔物也一併消失了。

「雖然在測試中見識過，『魔法師』的增幅效果真的很驚人呢。」

亞里沙用興奮的語氣說。

「畢竟是至今做過的魔法增幅系裝備集大成嘛。」

雖說沒有加上任何限制，我也沒想到增幅效果會如此驚人。

射程接近十倍，威力也有原本的好幾倍。

可是——

「好累。」

蜜雅輕聲嘀咕的同時，完成任務的強化外裝被強制解除並收了起來。

僅用一發就花光用在聖樹石爐的三枚蒼幣，解決過大的燃費將會是今後的課題吧。

由於蜜雅本身的魔力消費沒有變化，看來裝備消費的魔力全都用來提升威力和射程了。

「要降落嘍。」

我跟夥伴們一起沿著蜜雅的魔法挖出的山谷下降高度，來到遺跡前面。

◆

「沒有人來迎接？」

假邪神殿裡鴉雀無聲。

入口附近似乎和剛剛的地圖共通。

「妳們在這裡等一下。」

我先行移動到切換成其他地圖的位置，使用探索全地圖的魔法。

「話說回來，真是個充滿邪教神殿感的地方呢。」

亞里沙環顧四周說。

「喵！」

——察覺危機。

「娜娜，用城堡！」

「——緊急展開『不落城(城堡)』，我這麼告知道。」

我在發出吶喊的同時用縮地移動到娜娜身邊。

黃金鎧在娜娜說出關鍵字(指令)的同時變形，朱紅色和紅色的光芒如同閃光燈般閃爍。障壁一片接著一片地生成，堆疊成堅固的橢圓型積層障壁。

——閃光。

一道閃光突破地板照亮四周。

緊接著響起刺耳的爆炸聲。黃金鎧的遮光系統和光量調整技能很快就讓我的視野恢復了正常。

假邪神殿的大部分構造被轟飛，腳下出現宛如深淵的黑洞。

看來似乎是被來自地下的砲擊給轟飛。多虧城堡堅固的積層障壁，甚至沒感覺到絲毫震動，因此有股不對勁的感覺。

「喵～」

「嚇了一跳喲！」

——LYURYU。

「主人，那是上級魔族的砲擊。」

「之前明明解決掉了，再生怪人真討人厭呢～」

莉薩發出警告，亞里沙則在抱怨。

「牠應該沒辦法連續發射，就趁現在接近吧。亞里沙，拜託妳用戰術輪話。」

『ＯＫ～』

我請娜娜解除城堡，用「理力之手」支撐夥伴們施展天驅高速下降。

穿過貫穿五層樓高的地下室造成的巨大坑洞，我們來到敵人首腦等待的最底層。

雖然叫做最底層，這裡的地板充滿了煙霧和熱蒸氣，周圍有深深的裂痕，裂痕下方還生出如同荊棘劍山般尖銳漆黑的結晶。

我們降落在散亂著崩塌天花板瓦礫的地板上。

這裡的大小跟學校體育館差不多，經琢磨的石階中央鋪著細長的地毯，感覺就像謁見大廳一樣。地毯的左右兩側如同神殿般等距離地排列著柱子，光源則只有像鬼火一樣的藍白色火焰點在柱子的燭臺上。

敵人的首腦就在這條地毯前面——

我用「風壓」魔法吹散阻礙視線的蒸汽。

當被風吹散的火焰恢復原狀後，黑暗中出現了一個可疑的人影。

「……沒想到，被上級魔族施放的毀滅之光正面擊中，居然沒死嗎？」

站在符合邪教神殿氣息的祭壇上的，是個身穿骯髒外套的男人。

雖然他兜帽戴得很深以至於看不清楚，卻能從中窺見獸人族的鼻尖。他毫無疑問就是剛剛透過詛咒見到的獸人。

「——你們幾個究竟是什麼人？」

男人用嵌著異形頭蓋骨的法杖指著我們詢問身分，他的背後還有剛才發動奇襲砲擊的樹皮上級魔族的身影。

沒有見到其他魔族，大概是剛剛迎擊時全部派出去了吧。

「我乃勇者無名及其隨從——」

我在開口時發現自己沒有使用無名的語氣，不過事到如今也已經太遲了，於是決定直接帶過。

「「「黃金騎士團登場！」」」「喲！」

亞里沙她們以我為中心擺起姿勢。

動作彷彿做過練習般沒有絲毫紊亂。

難不成真的練習過了嗎？

「這樣啊！你們就是勇者一行人嗎！是前來妨礙偉大的惡魔召喚師，佐馬姆格密大人的計畫吧！」

不不不，要是你沒有詛咒大魔女，我們也不會來這裡喔。

「惡魔召喚師佐馬姆格密！你的野心已經破滅了！乖乖改過自新投降吧！」

亞里沙興致勃勃地指著惡魔召喚師，動作非常洗鍊。

正如惡魔召喚師這個自稱，佐馬姆格密擁有「召喚魔法：惡魔」這個技能。

「妳說已經破滅——不！計畫已經進入最終階段！任何人都無法阻止了！」

惡魔召喚師用力脫掉身上的外套。

身上戴滿許多詭異裝飾品的鼬人身姿出現在我們眼前。他要穿成一副像是在說「我就是反派」的服裝倒是無所謂，但我覺得把人頭串成項鍊有點太超過了。

「……鼬人。」

莉薩在知道佐馬姆格密的種族之後皺起眉頭。

這麼說來，莉薩與鼬人族好像有一段恩怨呢。

「只要勇者無名和黃金騎士團還在，邪惡就注定會毀滅！」

亞里沙亢奮地反駁佐馬姆格密。

「那麼，就用你們來證明我不是在說大話吧！」

佐馬姆格密沒有持杖的手一揮，從袖口散落無數的紫色小石頭。

所有小石頭都在空中變成魔族。

原來如此，那是召喚道具嗎？

「——火焰地獄！」

亞里沙無詠唱發動了業火漩渦，瞬間將空中的魔族化為焦炭。

雖說沒有能夠點燃的物品和天花板，在屋內用這招太亂來了。

「怎麼可能！」

「張開障壁之前的魔族只是靶子罷了！」

亞里沙揮動用世界樹製成的法杖自豪地說。

「唔姆姆姆——你在幹嘛！給我上！」

佐馬姆格密向站在身後的上級魔族下令。

大砲的充填似乎尚未結束，魔族身體各部位露出寶玉般的結晶，光芒逐漸聚集過去。

「堡壘防禦發動，我這麼告知道。」

娜娜發動黃金鎧上搭載的「堡壘防禦」機能。

上級魔族放出的光線之雨撒落在展開的好幾層障壁上。

現場光芒四射，障壁的表面發出如同遭遇雷陣雨的聲響。

「居然能完全擋下上級魔族的攻擊？剛剛的砲擊也不是運氣好才沒打中嗎？」

佐馬姆格密顯得很驚訝。

「再這樣下去，讓**皇弟陛下**重返相應地位這個崇高的目標將無法達成。」

既然提到皇弟，代表是鼬帝國皇家的內部糾紛嗎？

「你為了將要塞都市的祕寶獻給皇弟**殿下**，才詛咒大魔女嗎？」

「——不對！」

原來不對嗎？

「別搞錯了！是皇弟**陛下**！」

什麼嘛，是在說敬稱啊？既然是皇帝的弟弟，敬稱應該是殿下才對，可是他對此似乎有很深的執著。

「你是為了主人才詛咒大魔女嗎？」

感覺他會因為激動而說個不停，於是我又問了一次。

「詛咒大魔女只是單純的障眼法！我等的目的是得到阿卡緹雅的紫月核——」

佐馬姆格密意識到自己太多話，說話含糊不清。

原來如此。他口中的「紫月核」肯定就是緹雅小姐說過的祕寶。

……等一下，我記得紫月核是——

「你們打算把那個叫做紫月核的玩意賣掉，以換取大筆資金嗎？」

見我假裝很懂的樣子這麼開口，佐馬姆格密激動地說：「別把我跟那種低俗的傢伙混為一談！」他似乎很容易被人煽動。

不對，是審問技能之類的發揮效果了嗎？

「只要使用紫月核的力量，就能找出隱藏在大陸某處的那個傳說中的『浮游要塞』，你連這個都不知道嗎！」

果然是那個紫月核嗎？

很遺憾，浮游要塞在我的儲倉裡。

不過看來紫月核除了是浮游要塞的核心零件，還是用來找到要塞的關鍵道具。

「過去愚神的浮島拉拉其埃曾經統治大半的世界。只要得到能與其分庭抗禮的浮游要塞，要讓假皇帝執掌的扭曲帝國回到原本主人的手上也是輕而易舉！」

佐馬姆格密自我陶醉似的仰頭看著天空。

意外得知了他的目的和動機。

『被逼到走投無路之後，惡人會喋喋不休地坦承罪行是固定橋段呢！』

亞里沙很高興似的透過戰術輪話說。

我禮貌地對此保持沉默，向佐馬姆格密提出最後的疑問。

「雖然你剛剛說計畫已經進入最終階段，任何人都無法阻止，你送進要塞都市的魔族已經都被大魔女和冒險者們解決了。」

「**哦？送進去的魔族**都被收拾掉了嗎？」

佐馬姆格密露出意味深長的笑容。

看來他送進要塞都市的不只有魔族。

『主人——』

『不要緊，最終防線有費恩看守。』

『可是，現在的芬里爾不是隻小狼嗎！』

『只有一瞬間的話，他似乎能夠變成狼人喔。』

只要有那一瞬間，大魔女應該就能進行支援。

想問的事已經問完，堡壘防禦的持續時間也差不多快到了，是時候解決上級魔族，並且將佐馬姆格密抓起來了。

◆

「噗~這裡就交給噗，你去處理那邊的事噗~」

上級魔族說話了。

這傢伙原來會說話嗎……還以為牠是個更加沉默寡言的傢伙。

「不准命令我！我可是你的主人啊！」

「噗~我知道噗~為了達成主人的悲願，讓魔王大人復活是最好的噗~」

——魔王？

這些傢伙也打算讓魔王復活嗎？

「你要身為惡魔召喚師的我，逃離區區的勇者嗎？」

「噗～！如果想要解決噗的砲對付不了的對手，讓魔王大人復活是最快的噗～」

上級魔族非常推崇讓魔王復活。

與牠相反，佐馬姆格密似乎不怎麼想這麼做。

「唔姆姆，這也是沒辦法的事。」

佐馬姆格密調轉腳步，朝著掛在後方牆壁上、畫著地獄圖的掛毯衝了過去。

「啊——！他要逃走了喲！」

我從儲倉拿出苦無朝佐馬姆格密扔了過去。

苦無從內部穿過堡壘防禦的障壁飛出，準確地射穿他的腳踝。

佐馬姆格密腳步失衡跌倒在地，但立刻就用懷中出現的異形手臂抓住自己朝掛毯的方向扔去。那是魔族的手臂。

他就這麼被吸進掛毯裡消失蹤影。

那似乎是某種轉移門，恐怕連接異空間的外面吧。

「主人，這裡就交給我們，你去追佐馬姆格密。」

「可是——」

「不要緊啦。我也想展示在城堡和碧領重新訓練的成果。」

「主人，以這把長槍發誓，我將會為主人帶來勝利。」

我雖然瞬間有些猶豫，夥伴們充滿自信的眼神推了我一把。

現在的夥伴們就算沒有我或芬里爾的幫助，應該也能對付上級魔族。

「而且再生怪人肯定很弱嘛。」

為了讓我放心，亞里沙裝出滑稽的表情笨拙地拋了個媚眼。

「我明白了！小心不要受傷嘍。」

於是我為了追上跳進地獄圖掛毯的佐馬姆格密衝了出去。

「休想通過這裡噗～」

——櫻花一閃。

我用發動迅速的突進系必殺技砍斷擋路的樹皮上級魔族，就這麼直接衝進了掛毯裡。

◆

「——這裡是？」

衝進畫裡之後，面前有一座外觀跟剛剛相同的祭壇。

不同的大概是這裡有天花板吧。根據地圖情報，這裡似乎是樹海迷宮邪神殿的最下層。

位於身後掛毯上的轉移門已經消失，我想大概是上級魔族在被我砍中的同時關閉的吧。

為了確認夥伴們的情況，我發動「眺望」和「遠耳」。

要是上級魔族就這麼被櫻花一閃解決了倒還好，但牠似乎從四散的身體深處長出新芽再生了。

『噗～居然讓噗使用保留起來的殺手鐧，果然不能小看勇者噗～』

『不能小看的不只勇者一個喔。』

與亞里沙之間的戰術輪話儘管中斷了，我的空間魔法似乎能夠連接上，就藉此來守望大家的戰況吧。

我雖然沒有能夠回去對面的手段，可是能夠使用單位配置把大家拉過來。

決定好方針之後，我為了追上佐馬姆格密轉過身去。

此時一股惡臭傳進我的鼻子裡。

「真濃的臭味。」

我忍不住皺起眉頭。

我透過夜視技能知曉了那股惡臭的來源，這使我有種背上被塞進冰柱的恐懼感。

從地板和牆壁的龜裂處延伸出，外形如同劍山的岩石上掛著無數腐爛的屍體。那些大多是冒險者的遺體，不過除此之外的屍體也不少。

身體上還留著幾道以踐踏尊嚴為主要目的的淒慘傷痕。

「抱歉，現在我只能做到這樣。」

我以網狀方式張開「理力之手」，將所有遺體收進儲倉理。之後再用適合的方式來弔唁他們吧。

能感覺心中湧起一股怒意。就算擁有高到過頭的精神值也難以抑制。

彷彿受到怒意驅使一般，我追著佐馬姆格密跑上階梯。

途中數次遭遇疑似那傢伙配置的魔族襲擊，但被我毫不猶疑地一一斬殺並前進。自知不是我對手的魔族試圖讓天花板和地板崩塌來阻擋我的去路，卻被我使用魔法和技能避開了。

「——不妙。」

在佐馬姆格密移動的前方，有許多冒險者和幾名聖職人員。

他們似乎在曾經發生過崩塌跡象的隱藏道路盡頭。

我用縮地衝進那個房間裡。

「哇哈哈哈哈，一切都結束了！已經沒有人能阻止魔王復活了！」

這麼大喊的人不是佐馬姆格密。

而是穿著赫拉路奧神殿祭司服，頭髮亂糟糟的鼠人男性。

我記得他應該是緹雅小姐為了驅除怨靈，從鄰國招聘來的祭司。原以為他被惡魔附身了，但事實並非如此。

冒險者和神官們臉色蒼白地倒在祭司腳邊，其中也包含以諾娜小姐為首的幾位勇者屋常客的身影。

還清醒的只有祭司和佐馬姆格密兩人而已。

而佐馬姆格密本人也和祭司保持距離對峙著。原以為他們是一夥的，目前看來他們不像合作關係。

「——祭司為什麼要做這種事？」

「你不明白嗎！帶著奇妙面具的人啊！」

現在必須透過對話吸引注意力，趁機用「理力之手」把諾娜小姐的身體移動到安全的位置才行。

「一切都是天啟！我在要塞都市沉睡時，赫拉路奧神的使徒出現在我夢中，還授予了我使命！」

不是預言，而是使命嗎？這讓我想起在穆諾男爵領被魔族推舉為冒牌勇者哈特的故事。

「為了討伐魔王，命令我去復活魔王！」

「你有意識到自己正在胡言亂語嗎？」

我朝打算悄悄改變位置的佐馬姆格密腳邊扔了顆石頭進行牽制。

他打算前去的方向有個王座，王座上放著一具沒有頭部和手腳的屍骸，上面堆積著肉眼也看得見的濃厚瘴氣。根據ＡＲ顯示，那是「魔王骸」，也就是魔王「死靈冥王」的屍骸。

「說人胡言亂語真是失禮！你是在愚弄虔誠的神僕嗎！」

「虔誠的神僕不會試圖復活魔王吧？」

「蠢貨！就是要復活他，再將他徹底毀滅到無法再次復活！」

「祭司要毀滅他嗎？要怎麼做？」

就連勇者隼人加上優秀的夥伴們都應付得很勉強，魔王可不是等級三十左右的祭司能夠獨自應付的簡單存在。

「凡人果然看不出來嗎！看清楚這個聖印吧！這個聖印裡寄宿著消滅魔王的神技！」

我不這麼認為。

正因為曾經和卡里恩神和烏里恩神同行過，我才看得出來。

那個聖印並未寄宿神的力量。

「是被魔族欺騙了嗎……」

聽見我嘀咕的祭司激動起來。總覺得繼續聽他說話沒有意義，於是我當成耳邊風。

在閒聊的期間，我讓冒險者們盡可能地遠離這裡。

魔王似乎要再花點時間才會復活。

「那麼——」

我將視線轉移到佐馬姆格密身上。

「你煽動這個祭司，到底打算做什麼？」

「咯咯咯，那還用問！只要魔王復活——」

佐馬姆格密說話變得含糊。

「怎麼了？」

總而言之，煽動祭司的應該就是佐馬姆格密使役的魔族了。

「要讓魔王復活與勇者交鋒！這麼一來，紫月核的奪取計畫也能夠順利進行了！」

「奪取計畫不是已經開始了嗎？」

「這個——」

此時佐馬姆格密再次含糊起來。

他的眼珠子不停地轉動，覆蓋著硬毛的額頭流出冷汗。

總覺得他的樣子很奇怪。

「對了，既然奪取計畫已經有所進展，特地復活魔王也沒有意義——」

佐馬姆格密喃喃自語地說個不停。

聚集在他背後魔王骸上的瘴氣已經形成手臂和頭的形狀。

「——竟敢算計我，魔族！」

他原本想以惡魔召喚師的身分操縱魔族，卻似乎被魔族利用了。大概是遭到精神魔法或魅惑之類的方式控制了吧。

在激動不已的佐馬姆格密背後，魔王骸睜開眼睛。

「——魔王醒了嗎？」

魔王擁有一雙光是見到，靈魂似乎就會被拖走的詭異眼睛。

「魔王復活了吧！跪倒在神的威光前吧！」

祭司虛張聲勢來掩飾恐懼，向魔王舉起聖印。

當然，什麼事情都沒發生。

「跪下！給我跪下！」

他陷入恐慌，像個鬧彆扭的孩子般拚命踩著地板，同時對魔王舉著聖印。

「好睏。」

那是一道光聽見就會背脊發涼的可怕聲音。

「別妨礙……吾的……睡眠。」

魔王揮動由瘴氣形成的手臂，黑色霧氣隨之擴散，化為小型的魔蟲包圍祭司。

因為這樣實在很可憐，我用「理力之手」抓住祭司往入口方向扔去。

儘管扔得太大力讓他受了傷，至少比起被那種東西啃食致死要好得多。接著我用小火彈將魔蟲一口氣燒光。

原以為會有追擊而做好準備，可是魔王毫不在意祭司的存在，只是呆站在原地。

「既然如此也沒辦法了。■■■■■　惡魔支配！」

佐馬姆格密從法杖放出好幾個黑色的圓環圍繞在魔王身上。

「惡魔召喚師佐馬姆格密下令。魔王『死靈冥王』啊，順從我吧！」

他一揮下法杖，穿過魔王身體的圓環便同時收緊，綁住了魔王的身體。

可以看見黑色圓環澈底束縛住發出沉吟的魔王，然而——

「呣呣呣，想妨礙……吾的……沉眠嗎？」

魔王的雙手失去輪廓，變回原本的瘴氣穿過圓環，從外側抓住圓環將其扯開。

「不愧是魔王！居然能掙脫我的支配！既然如此，■■……」

佐馬姆格密開始進行下一個詠唱。

「無禮……之徒。」

瘴氣的漩渦將進行詠唱的佐馬姆格密掀飛出去。

這次沒有變成魔蟲，而是單純的瘴氣。

「唔喔喔喔喔喔喔喔喔！」

接觸到高濃度瘴氣的佐馬姆格密在地面打滾。

毛髮從堅硬的表皮一點也不剩地脫落，受到瘴氣直擊的部位嚴重腐爛。

大概很痛吧，他似乎沒有餘力繼續中斷的詠唱。

跟剛剛對付祭司時一樣，魔王看來不打算追擊破綻百出的佐馬姆格密。

「死靈冥王先生？」

「不認識。吾乃……沒有名字的……亡靈。」

難不成他不是魔王？

雖然ＡＲ也顯示名稱是「死靈冥王」，不過他沒有「魔王」的稱號。

從剛剛的情況看來，他似乎只是想好好沉睡罷了。

「那些傢伙強行喚醒你真是抱歉，已經沒人會打擾你了，請好好沉睡吧。如果有必要，我可以幫助你成佛喔？」

我拔出腰間的聖劍，注入魔力讓劍身纏繞藍色光芒。

既然注入瘴氣能夠喚醒他，我想只要失去瘴氣，他應該就能沉睡了。

「好耀眼。將身體……燃燒殆盡的……光芒。」

死靈冥王第一次從王座上站了起來。

他一隻手摀著臉遮擋耀眼的光芒，另一隻手像是找到尋覓已久的對象般伸了過來。

「啊啊，好……神聖……」

接觸到聖劍的瘴氣被瞬間淨化，最後他主動將身體撞上我舉起的聖劍，整個人化為黑色霧氣消失了。

原本想讓他繼續沉睡，看來讓他成佛了。

「魔王……居然……一瞬間就被……」

佐馬姆格密像死靈冥王一樣斷斷續續地小聲說。

看來佐馬姆格密似乎非常震驚。趁著他垂頭喪氣的時候，我用「魔力搶奪」奪走他所有的魔力，用魔封藤將他綁了起來。當然，不光是拿走武器，他戴在身上的道具類也一併沒收。畢竟他要是自殺了，也會很麻煩嘛。

對於在走廊上昏倒的祭司，我也順道採用了同樣的做法。感覺他要是醒了會很囉嗦，也加上口塞吧。

接下來就一邊等待在安全區域避難的諾娜小姐他們恢復，一邊守望夥伴們和上級魔族的戰鬥吧。

◆

在我讓死靈冥王成佛的時候，夥伴們正在和上級魔族展開激戰。

不知不覺間，戰場從地底下轉移到異界的地上樹海。

『溜溜！用吐息喲！』

──LYURYU。

光芒一閃，上級魔族撞碎樹木，身體在樹海中翻滾。

溜溜的吐息似乎被擋住了，身體到處發出光芒的上級魔族用小口徑雷射進行了反擊。

『隔絕壁！』

『亞里沙，謝謝喲！』

亞里沙支援因為被樹根絆到腳而陷入危機的波奇。

『樹木就該安靜曬太陽，我這麼告知道！』

娜娜發出帶有挑釁技能的吶喊吸引上級魔族的注意，獸娘們趁機繞到背後展開近身戰。

上級魔族不時召喚出看似眷屬的下級魔族，不過都被露露狙擊掉了。

蜜雅正不停地詠唱精靈魔法，看來她大概打算召喚貝西摩斯吧。

『——隔絕壁！唔，身體明明那麼大，速度卻很快呢！』

夥伴們的戰鬥從砲擊戰轉為近身戰，似乎與藉由瞬動一般的速度踢開樹木改變位置的上級魔族陷入苦戰。

而且由於被踢散的樹木都會化為上級魔族的眷屬，因此也必須加以應付。

『螺旋槍擊・雪崩！』

『掃射——開始！』

就算莉薩和露露迅速解決眷屬，立刻就有下一棵樹變成眷屬。

『既然如此，就把整座森林——』

『亞里沙，欲速則不達，我這麼忠告道。』

娜娜對彷彿背後燃起火焰般激動的亞里沙說，讓她冷靜下來。

『土遁之術～』

『居合拔刀・阿基里斯獵人喲！』

上級魔族踢碎小玉用忍術製作的土牆，被波奇用居合砍到的腳也瞬間復原。而且被砍下的碎片還變成了眷屬，十分凶惡。

『……■■　魔獸王創造。』

——PUWAOOOOWWNNN！

蜜雅的詠唱結束，貝西摩斯的巨大身軀顯現在現實世界。

『上吧。』

——PUWAOOOOWWNN！

即使貝西摩斯衝了過去，上級魔族依然沒有正面迎擊，而是展開移動。

『哞。』

從地面生長出來的植物打算綁住貝西摩斯，卻被他一踩給解除了。

對大地的干預力似乎還是貝西摩斯略勝一籌。

『瞬動——螺旋槍擊．貫！』

此時莉薩從死角逼近上級魔族使出必殺技發動攻擊，卻被牠用堅固的障壁和宛如變形蟲的深黑色魔族當成盾牌擋住了。

就算使用能貫穿一切的「龍牙」製作的龍槍，只要失去速度，似乎還是會失去破壞力。

亞里沙的火魔法和波奇的必殺技也遭到同樣的方式抵消。

『可惡！不要停手，繼續進攻！』

『了解！螺旋槍擊．雪崩！』

先是透過貝西摩斯和娜娜的配合限制上級魔族的活動，再藉由夥伴們的飽和攻擊讓牠停下腳步。

能夠善加利用夥伴們合力創造出這個狀況的——

『加速門過度運轉。』

『瞄準射擊！』

『開火。』

——是露露的加速砲。

在露露扣下板機的同時，神聖的砲彈伴隨著強力的巨大聲響發射出去。

遠遠凌駕音速的砲彈劃出如同雷射的藍色軌跡擊中上級魔族，將牠的上半身挖開了一個大洞。

『有破綻喲！』

——ＬＹＵＲＹＵ。

波奇和溜溜人龍一體地朝上級魔族衝了過去。

『居合拔刀，魔刃旋——』

此時溜溜用身體撞開準備施展必殺技的波奇。

帶有魔力和瘴氣的樹根長槍飛過因為反作用而留下空缺的空間。

『溜溜，謝謝喲！』

——ＬＹＵＲＹＵ。

出現在上級魔族肩膀上的新臉孔注視著溫馨交流的波奇和溜溜。

「——波奇！」

因為不好的預感，我忍不住呼喚波奇的名字，但她們當然聽不見。

波奇和溜溜閃躲不斷從地面破土而出的樹根長槍。

——LZU。

『溜溜！』

或許是注意力被樹根長槍吸引了，上級魔族揮動代替尾巴的藤鞭將溜溜打落在地。

溜溜刨開地面滾了好幾圈。

波奇立刻衝向溜溜，小玉補上了她的空缺。

『溜溜，還好嗎？』

波奇抬起溜溜躺在地上的頭，餵牠喝下魔法藥。

上級魔族用小口徑雷射瞄準在戰場上停下腳步的波奇，但娜娜迅速介入擋了下來。

『大塊頭應該看著我，我這麼告知道！』

娜娜再次施展挑釁技能，藉由理術創造出「魔法箭」和「理槍」吸引上級魔族的注意。

……LYU。

『回到波奇的吊墜裡喲。』

就算用魔法藥，溜溜的呼吸還是相當虛弱。

說不定比起肉體的傷害，精神上的傷害更大。儘管憑藉高攻擊力和與生俱來的防禦力跟波奇一起行動，溜溜畢竟還是隻出生沒多久的幼龍。

……ＬＹＵ。

『沒關係，之後的事交給波奇我們喲。』

波奇這麼說完，將溜溜收進祕寶「龍眠搖籃」裡。

波奇很珍惜地用雙手握著吊墜，將它放回黃金鎧的內側之後默默地站了起來。

『不會原諒你喲。』

原本低著頭的波奇猛然抬頭，用嚴肅的表情瞪著上級魔族。

『鎧甲的人，裝備強化外裝「攻擊手」喲！』

『遵命，女士。著裝攻擊手組件。』

黃金鎧的輔助ＡＩ回應波奇的宣言。

因為機能增加了，我試驗性地在波奇的黃金鎧上裝上跟露露加速砲同樣的ＡＩ。

波奇擺出專用姿勢之後，黃金鎧便自動裝上突擊用的噴射器和兼具增強力量的強化外裝

——魔術版的力量裝甲。

『鎧甲的人，波奇想要刀喲。』

『是的，女士。著裝武士刀。』

波奇配戴在腰間的附屬武器從聖劍變成聖刀。

因為性能除了外觀完全一樣，製作起來意外地輕鬆。

『全力以赴喲！』

『是的，女士。發電器全力運轉。』

『還要！還要更多喲！』

波奇向輔助ＡＩ要求。

『光靠這種程度，不能幫溜溜報仇喲！』

波奇，溜溜還沒死，說報仇有點不太對吧？

『不，女士。有過載風險。』

『不行喲！要超越極限喲！這是為了溜溜！』

波奇說著亂來的話。

『是的，女士。限制解除。』

——咦？我沒有設計這種程式耶？

『發電器過度運轉。』

黃金鎧的周圍捲起龐大的魔力。

『來了來了來了——喲！』

那股魔力透過波奇注入聖刀裡，刀身變得比平時大上好幾倍。

是能夠將上級魔族一刀兩斷的大小。

『**鏡明止水**——』

波奇，是明鏡止水。

『——喲！』

在波奇四周不斷翻騰的魔力奔流逐漸集中到刀刃上。

從身體溢出的魔力化為紫電和火花四散。為了承受強力的加速，波奇將身體前傾到額頭即將貼在地面上的程度。

『加速門彈射器開啟。』

輔助ＡＩ代替正在集中精神的波奇做準備。

波奇的面前展開好幾道加速門。

然後，當魔力全部集中在刀刃上時——

『瞬動。』

波奇朝著加速門踏出腳步。

由於加速過於驚人，波奇的身影突然消失。

『魔刃暴風——』

波奇以揮出聖刀的姿勢再度現身，並緩緩地將刀收回鞘裡。

『——喲。』

伴隨聖刀收回刀鞘的清脆聲響，被無數斬擊切成碎片的上級魔族身體逐漸崩毀，遭到因斬擊餘波引發的龍捲風吞噬且翻攪。

魔族展開的防禦障壁和用變形蟲魔族形成的盾牌似乎也一併被摧毀了。

『波奇！還沒結束！』

莉薩發出大喊。

沒錯，上級魔族還沒變成黑色霧氣。

『方陣喲！』

然而，波奇的面前並沒有出現方陣。

好像是因為剛才的必殺技使用太多魔力，導致無法發動。

上級魔族維持被龍捲風吞噬而變得四分五裂的模樣，從各個部位瞄準波奇射出小口徑雷射雨。

『忍忍～』

波奇乍看之下就像遭到光芒吞噬，卻和小玉一起從有段距離的某個影子裡出現。

原本我還連忙將波奇選為單位配置的目標，不過似乎沒有這個必要。

『貝西摩斯。』

──PUWAOOOOWWNNN！

接到蜜雅命令的貝西摩斯發出咆哮舉起前腳用力往地板一踩，與樹根相連的上級魔族便從地面被連根拔起打飛到空中。

『亞里沙。』

『OK～！火焰地獄！』

亞里沙放出的業火將飛上空中的上級魔族根部連同碎片全部吞沒並燃燒殆盡。

上級魔族就此從地圖上消失，最後還真是乾脆耶。

不過嘛，如果那真的是最後一隻就好了。

大魔女

「我是佐藤。繼承人問題無論在哪個業界都很重要，但是對一脈相承的業界來說，能否找到繼承人似乎攸關業界的存續。果然還是擴大徵才比較容易興盛呢。」

「與上級魔族之間的魔脈（通路）居然解除了？被勇者的隨從們打敗了嗎……」

在我身旁的佐馬姆格密露出愕然的表情小聲說。

看來樹皮上級魔族被打敗的事似乎讓他非常震驚。

「難道事情會在無法讓遭到假皇帝扭曲的帝國回到原本主人手上的情況下結束嗎……」

無論哪個國家，都會存在對當今政權不滿的人呢。

「不，魔術……不會輸給亂七八糟的『刻學』那種東西。只有魔術才能引導人民……」

他開始支離破碎地講起不知前言後語有何關聯的話。

話說回來，刻學——是指科學吧。代表現任皇帝是個比起魔法更重視科學技術的人嗎？

比起那個——

「之後把你交給大魔女就結束了。」

當我講出這句話之後，原本看著地面喃喃自語的佐馬姆格密突然抬起頭來大叫。

「事情還沒結束。怎麼能就此結束！」

「已經結束了。你應該替殺掉的人們做出補償。」

我腦中閃過在地下見到的那些屍體悽慘的模樣。

「殺掉的人們？那些劣等種的命可是幫上了我等優秀種鼬人的忙！他們只會覺得自豪，沒有補償的必要！」

這傢伙似乎傾心於優生學。

「人種沒有優劣之分。」

「劣等種少說蠢話！」

他好像聽不進我說的話。

「給我閉嘴，聽不下去了。」

我從儲倉拿出口塞。

佐馬姆格密見狀開始拚命掙扎。

「■……」

他想開始詠唱，然而我透過毫不留情的威迫技能讓他動彈不得，並趁機用口塞堵住了他的嘴。

由於他的動作非常激烈，還把自己掉在附近的法杖弄壞了。

「——原來如此，你想用這個嗎？」

裝在法杖尖端的頭蓋骨裂開，從中能看見一顆類似漆黑寶石的魔法道具。

根據ＡＲ顯示，那好像是一種以自己的性命為代價，藉此向四周無條件散播致死性詛咒的恐怖分子專用道具。自爆恐怖襲擊請你自己在一個人的時候做吧。

『主人，聽得見嗎？』

亞里沙傳來「無限遠話」。

『聽得見喔。這邊也剛好搞定了。』

『我們也解決上級魔族了喔！』

『嗯，我看到了。大家都變強了呢。』

亞里沙把這件事告訴夥伴們，「遠耳」聽見大家的歡呼聲。

『傳送門關起來了，妳們有辦法回來嗎？』

『嗯，沒問題！一開始的祭壇房間有類似異界說明書的東西，只要花點時間就能重新在其他地方開啟傳送門。』

根據亞里沙的說法，似乎有個被稱作異界之核的地方。只要對那裡進行干涉，就能隨意開啟傳送門。

『那麼，我就等妳們了。我們一起回去吧。』

我這麼說完便切斷通話。

就去幫助走廊另一端那些失去活力昏倒的冒險者們恢復吧。

不過在那之前，得先把抓住這次事件幕後黑手的事情告訴緹雅小姐和蘿蘿，讓她們放心才行。

——咦？

好難接通。

我一邊治療冒險者們，一邊試著用「遠話」聯繫緹雅小姐，然而似乎遭到某種不知名的阻礙，無法接通。

「真奇怪耶？緹雅小姐用來妨礙空間魔法的結界應該被破壞了才對……」

大概是我忍不住說出口的自言自語成了契機，失去意識的冒險者們紛紛醒了過來。

「……嗚、嗚嗯。」

首先清醒過來的，是我第一個進行治療的諾娜小姐。

「嗨，早安。」

我刻意裝出無名的語氣跟她搭話。

「咦？你是誰？面具？」

「可以請妳幫其他冒險者治療嗎？」

我將裝有魔法藥的袋子塞給表情困惑的諾娜小姐。

「印象中我們好像在最裡面的房間——」

儘管對諾娜小姐很抱歉，我現在比較在意蘿蘿。

我鼓足幹勁向緹雅小姐使用了「遠話」。

『——是誰？』

這句話像是勉強擠出來似的。

『我是佐藤。這邊已經解決了。』

『我們這裡不太妙，正在遭受某種類似怨念集合體的東西襲擊。』

『——我馬上過去。』

「我說，這位大姊。最深處房間的犯人已經抓到了，就麻煩妳帶他去要塞都市啦～」

我這麼拜託諾娜小姐，不等她回答就用歸還轉移返回要塞都市。

當我一回到勇者屋後院，雷達上立刻出現了無數的紅色光點。

抬頭一看，我看到一群類似鬼火、以凶惡臉孔笑著的生物。根據ＡＲ顯示，那似乎是一種名叫「暴走靈魂」的不死族。它們因為濃厚的瘴氣而變得不正常，據說原本是沒有害處的鬼魂。

我維持勇者無名的模樣飛了起來，全力展開精靈光。

就這麼一邊治癒暴走靈魂，一邊趕往大魔女之塔。

「呀啊啊！」

大街上到處都能聽見人們的慘叫聲。

不過，看來暴走靈魂只是嚇人，並不打算直接對人們造成危害。

「——那是什麼？」

具有黑色輪廓的透明黏液覆蓋住大魔女之塔。根據ＡＲ顯示，那似乎是一種叫做「混沌黏液」的不死族。

「拯救大魔女大人！」

地面上能見到看似魔女弟子的人正率領著火杖隊向混沌黏液發動攻擊。

受到魔法攻擊的混沌黏液爆發性地增殖並試圖吞噬他們，因此我用閃驅接近，將所有人都拉到安全區域內。

隨便攻擊好像會導致黏液的數量增加。

混沌黏液似乎只是對刺激產生反應，並未追擊拉開距離的弟子們。

『緹雅小姐，我抵達要塞都市了。從外部削弱混沌黏液就行了嗎？』

『我這裡還撐得住！比起那個，請你去解決賦予混沌黏液力量的源頭！就在瘴氣濃厚的地方！』

『先把緹雅小姐妳們救出來之後再——』

『不行。我要是離開這裡，混沌黏液將會失去目標，開始吞噬附近的人們。』

那樣可就糟了。

『我明白了，我會儘快解決！』

我切斷通話，開啟瘴氣視尋找瘴氣濃厚的地方。

——有了。

大概有七個地方的瘴氣很濃，數量挺多的。就從近的地方開始著手吧。

為了保險起見，我用空間魔法「眺望」和「遠耳」將緹雅小姐她們的情況顯示在眼前。

『混帳東西————！』

緹雅小姐將法杖當成盾牌，把從天花板滴下來的混沌黏液推了回去。

她好像不是單純用法杖推，而是讓法杖纏繞紫色光芒加以抗衡。

蘿蘿在奮力抵抗的緹雅小姐腳邊抱著倉鼠孩子們。太好了，她好像沒有受傷。

混沌黏液反覆地進行著暫時縮回去，接著再次擠壓上來的舉動。

『嗚嗯嗯嗯嗯——』

緹雅小姐發出痛苦的聲音。

這對因為詛咒而消耗體力的緹雅小姐來說似乎很難受。

現在還是儘快把賦予混沌黏液力量的源頭摧毀吧。

「是這裡嗎？」

第一個地方是幫食用肉清除瘴氣的淨化裝置所在地。

裝置正不斷產生混沌黏液。正確來說，似乎是刺在淨化裝置儲存瘴氣位置的黑色結晶正在產生混沌黏液。

我用聖劍切除從黑色結晶產生的混沌黏液，搶在混沌黏液再次和結晶融合之前將其收進儲倉。

失去目標的混沌黏液朝著本體的方向移動。

為了淨化這裡，我留下注入魔力的聖碑，接著前往下一個地方。

『緹雅小姐！』

依然連接著的「遠耳」聽見了蘿蘿的叫聲。

蘿蘿支撐著快要無法抵禦混沌黏液的緹雅小姐。

『我也來幫忙。』

蘿蘿伸手放在緹雅小姐的法杖上。

倉鼠孩子們儘管害怕混沌黏液，還是抱住緹雅小姐的腳支撐著她。

『謝謝妳，蘿蘿。也謝謝你們幾個。』

緹雅小姐一邊虛張聲勢，一邊將混沌黏液推了回去。

看來時間似乎不多了。

必須加快速度才行。

第二和第三個地方是設置在淨水塔裡的瘴氣淨化裝置。

這裡也跟剛剛一樣插著黑色結晶，所以我將它們都收進儲倉裡。

途中見到了鼠魔族，於是我用魔刃砲解決了牠們。

由於解決鼠魔族時掉出黑色結晶，把這次的騷動當作佐馬姆格密策劃的事件之一似乎比較好。

『緹雅小姐！緹雅小姐，請振作一點！』

『抱歉，蘿蘿。我暫時失去意識了。』

——糟糕。

回收黑色結晶的事先放一邊，還是先救出緹雅小姐她們——不，不行。要是市民因此出現犧牲者，緹雅小姐和溫柔的蘿蘿就必須一輩子背負內疚感活下去了。

『緹雅小姐，有我能做的事情嗎？無論什麼都行。』

『這個——不，我沒事。相信大魔女大人吧。』

緹雅小姐從懷裡拿出魔法藥並將其咬碎，露出慘烈的笑容。

現在就相信她吧。

我利用地圖搜尋最佳路線，用閃驅趕往第四和第五個地點。

這裡的淨化裝置也刺著黑色結晶。

『緹雅小姐，這麼亂來會死掉的！』

『別擔心，蘿蘿。這種程度不算什麼。』

緹雅小姐這麼說著大話，但她終於不敵混沌黏液跪倒在地。

蘿蘿從後方抱住緹雅小姐，用雙手將法杖推了回去。

原本纏繞法杖的紫色光芒包住蘿蘿。

『法杖選擇了蘿蘿？』

緹雅小姐咬住下唇。

『……抱歉，蘿蘿。』

『緹雅小姐？』

『妳真的什麼都願意做嗎？』

『是的！如果是為了拯救緹雅小姐和要塞都市，我什麼都願意做！』

面對立即做出答覆的蘿蘿，緹雅小姐像是看見耀眼的事物般瞇起雙眼。

雖然第六個地點立刻就找到了，第七個地點的淨化裝置上似乎沒有刺著黑色結晶。

第七個地點的混沌黏液覆蓋住整個垃圾處理場，導致無法一眼分辨哪裡才是源頭。

我用地圖搜索尋找黑色結晶。

『或許會無法過上普通人的生活也說不定喔？』

『沒關係。如果這樣能拯救大家，我願意。』

『即使會變得無法和佐藤先生建立普通的家庭也沒關係？』

『……就算變得再也無法和佐藤先生建立普通的家庭也沒關係。』

蘿蘿稍微猶豫一會兒，接著如此斷言。

『我知道了。跟我複誦一遍——』

緹雅小姐用僅存的魔力將混沌黏液推回去，把自己的手放在蘿蘿拿著法杖的手上。

『契約者阿卡緹雅的血族蘿蘿在此立誓。』

『契約者阿卡緹雅的血族蘿蘿在此立誓。』

蘿蘿的聲音接續在緹雅小姐的聲音之後。

——找到了。

似乎有幾塊結晶埋在大量的垃圾底下。

雖然試著將垃圾收進儲倉，受到沾有黏液的垃圾妨礙，因此無法順利進行回收。

「可惡！」

由於事情進展不順利，我忍不住罵了一句。

——別著急，佐藤。冷靜下來。

「對了！」

我將手放在垃圾堆上，拿出銀鑄塊發動魔法。

——鍍膜。

垃圾堆瞬間逐漸染成銀色。

黏液發出慘叫從垃圾堆上退開了。

原以為不會有效，沒想到效果比預料中更好。

我趁著黏液離開的空檔，將沒有東西妨礙的垃圾連同黑色結晶盡數回收。

『作為紫月核的主人——』

『作為紫月核的主人——』

緹雅小姐和蘿蘿的身體包覆著淡淡的紫色光芒。

我用閃驅趕往大魔女之塔。

可以看到地上的混沌黏液由於失去了瘴氣來源，正逐漸朝大魔女之塔聚集。

『繼承大魔女的稱號。』

『繼承大魔女的稱號。』

緹雅小姐胸口發出的紫色光芒，被蘿蘿的胸口吸了進去。

大魔女之塔的頂端閃爍著紫色的光芒。

混沌黏液像是畏懼那道光芒般從塔上剝落。

『吾在此宣言——』

『吾在此宣言——』

緹雅小姐身上的光芒消失，與此相對地，蘿蘿的身體發出強烈的光芒。

紫電飛散，蘿蘿的長髮因為靜電散開。

『直到壽命盡頭，將會從一切威脅這塊土地之物中守護此地。』

『直到壽命盡頭，將會從一切威脅這塊土地之物中守護此地。』

大魔女之塔的光芒進一步增強。

『吾乃大魔女蘿蘿，為紫月核的主人。』

『吾乃大魔女蘿蘿，為紫月核的主人。』

紫色光芒脫離塔頂，逐漸往天空的方向攀升。

混沌黏液就像追逐光芒般向上伸長。

『現於此締結嶄新的契約！』

『現於此締結嶄新的契約！』

紫色的光芒炸裂。

無數的光芒撒落在混沌黏液身上，將它們包裹在宛如泡泡的膜裡浮了起來。

『佐藤先生！我會把它們扔上去，接下來就拜託你了！』

緹雅小姐這麼說完之後看著蘿蘿。

『蘿蘿，上吧！』

『是的！緹雅小姐！』

蘿蘿將垂在地上的法杖用力向上一揮，包覆混沌黏液的球就像產生同步似的高高飛到要塞都市的上空。

「——將軍。」

我從魔法欄選擇中級攻擊魔法——將爆縮、火焰暴風和電擊暴風連續轟了過去，不留痕跡地將混沌黏液徹底消滅。

尾聲

「我是佐藤。一旦發生重大事件，總會覺得之後將會迎來一段無聊的日子。不過，有時候似乎也會以那件事為契機，接連不斷地發生事件。」

「沒想到蘿蘿會成為大魔女呢。」

我與從異界歸來的亞里沙她們會合，一起前往大魔女之塔探望緹雅小姐。

「就連本亞里沙小姐的眼睛都沒能看穿呢！」

亞里沙裝出一副像是世紀末霸者名作漫畫中登場人物的表情說。

當然，周圍除了我以外的人都看不懂，紛紛露出不解的表情。

「這件事要暫時保密喔。」

「嗯，那是當然。」

緹雅小姐用開玩笑的語氣說，可是眼神很認真。

畢竟我也請她替我保密勇者這個身分了嘛。

「太厲害了，蘿蘿小姐。」

「怎麼會！像我這種人，還只是類似見習生的程度啦。」

受到露露稱讚的蘿蘿顯得很害羞。

蘿蘿將幼狼模式的費恩抱在胸前。或許是在紫月核前孤軍奮戰的緣故，他一臉憔悴地睡著了。

「娜娜，好難受。」

「娜娜，溫柔一點。」

「娜娜，肚子餓了。」

被娜娜緊緊抱住的倉鼠孩子們不斷地掙扎。

「波奇肚子也餓扁了喲。」

「小玉也餓了～」

「我來準備餐點吧。請各位前往餐廳。」

「抱歉，莉薩。請妳帶她們過去吧。」

「我明白了。」

在首席弟子莉米的帶領下，獸娘們、娜娜以及倉鼠孩子們一同前往餐廳。

「那麼小蘿蘿打算離開勇者屋，專心進行大魔女的修行嗎？」

「這個——」

「蘿蘿，暫時兼職就行了。」

見蘿蘿欲言又止的模樣，緹雅小姐這麼提議。

「大魔女的修行並非很快就能結束，妳在擔任老闆的同時一點一滴慢慢學就行了。」

緹雅小姐補充說：「畢竟路還很長呢。」

她肯定是以十幾二十年為單位來思考吧。

「好的！我兩邊都會努力！」

「蘿蘿小姐一定沒問題！」

「謝謝妳，露露小姐。」

蘿蘿和露露看著彼此露出微笑。

她們兩個感情真的很好呢。

「蘿蘿肚子也餓了吧？去餐廳吃點東西吧。」

「好的，緹雅小姐。我們走吧，露露小姐。」

在緹雅小姐的催促下，蘿蘿和露露離開房間。

緹雅小姐目送兩人離開，當她們消失在視線範圍內，她突然倒在床上。

「我說……妳沒事吧？」

「沒事、沒事。只是有點頭暈而已。歲月果然不饒人啊。」

緹雅小姐揮揮手對擔心的亞里沙這麼說。

「生命力。」

蜜雅小聲嘀咕。

緹雅小姐轉頭看向蜜雅。

「用過頭了。」

「果然瞞不過精靈呢。」

「是擊退混沌黏液的時候嗎？」

「那件事雖然也有影響，主要還是被詛咒消耗掉不少。要是佐藤先生再晚一天出現，情況就不妙了。」

ＡＲ顯示緹雅小姐的狀態是「衰弱」。

「沒辦法恢復嗎？」

「再怎麼說也無法立刻恢復啦。畢竟我將靈魂之力注入到**那個**上面，強行擠出魔力來抵擋嘛。」

那個應該是指紫月核吧。

「倘若有萬靈藥還另當別論，但那可不是那麼容易到得了手的東西。」

「如果不嫌棄，請用。」

最近才剛補貨完，就算給她一瓶也無所謂。

「謝謝你。這個還挺好喝的嘛。」

緹雅小姐接過瓶子，連標籤都不確認就一口氣喝光了。

數個魔法陣以她為中心冒了出來，像是進行電腦斷層掃描似的上下移動。

「咦？咦咦？」

緹雅小姐發出困惑的聲音。

最後魔法陣被吸進緹雅小姐體內，澈底治好了她的身體。

「……真厲害。體內深處類似淤塞的東西消失了。」

緹雅小姐確認起自己的身體。

光是這樣倒還好，請妳別毫無徵兆地敞開自己的胸口。

亞里沙和蜜雅這對鐵壁組合神速擋在前面，以至於我絲毫沒看見任何重要部位就是了。

「哈哈哈哈。」

緹雅小姐笑容滿面地用力拍了拍我的背。因為挺痛的，希望她能適可而止。

「你真的很離譜呢。」

她擦去眼角的淚水說：

「這下我還能再陪在蘿蘿身邊數十年，直到她能獨當一面。」

那真是太好了。

這樣我也能放心離開蘿蘿身邊。

◆

「你們多住個兩天左右吧。」

當我想著差不多該離開的時候，緹雅小姐說出這種話。

「緹雅小姐，我想去看看店裡的情況……」

「對不起喔，蘿蘿。因為契約剛締結完成，妳還是暫時別離開塔裡比較好。」

「……好的。」

蘿蘿一臉擔心地低著頭。

「不要緊的，蘿蘿。有特邦先生在，更重要的是還有那些由蘿蘿帶出來的孩子們，就算妳一陣子不在也能維持店面。」

「佐藤先生說得沒錯。如果妳擔心，我會派人過去看看，妳就忍耐一下吧。」

「好的，我明白了。」

蘿蘿接受之後，請緹雅小姐的隨從幫忙轉告了一些無關緊要的話。

我們也為了讓不習慣的蘿蘿安心，決定留在塔裡。亞里沙和蜜雅整天泡在大魔女的書庫裡，我則由於立場上的職責必須跟露露一起照顧蘿蘿，因此只能等深夜蘿蘿就寢後才能前往書庫。

縱然我因此嚴重睡眠不足，我能保證那些書值得這麼做。

從佐馬姆格密扣押的古代語魔法書大多都是召喚魔族或詛咒相關的內容，所以我只用儲倉的影像匯出文字機能抄成書本，而像是「異界創造」或「迷途之家」之類的空間魔法系，則翻譯成現代語交給了亞里沙。

我認為佐馬姆格密躲藏的「異界」，大概就是用這個名為「異界創造」的儀式魔法創造出來的。光是這個咒文就寫滿厚厚的一整本書，亞里沙抱怨：「感覺詠唱到一半，就會受不了。」不過其中也包含協助者用的咒文，我想術者實際詠唱的部分應該會稍微短一點。

因為覺得都只有我們單方面看書不太好，我也從自己手邊挑了幾本公開也無所謂，但緹雅小姐似乎會感興趣的書借給她。

就在這段充實的日子裡，問題發生了。

「佐馬姆格密死了？」

據說被諾娜小姐他們帶回、關押在大魔女之塔地下牢裡的佐馬姆格密，今天早上離奇地死了。

「知道原因了嗎？」

「雖然知道死因是中毒，光靠鑑定不知道是什麼毒。」

「可以讓我看看嗎？」

「嗯，請便。」

因為得到緹雅小姐的允許，我檢查起佐馬姆格密的屍體。

沒有顯眼的外傷，也沒有絞殺的痕跡。用「透視」魔法看過之後，我發現他的胃裡浮著一顆溶解了一半的膠囊。

我用「理力之手」觸碰膠囊，透過儲倉將它拿了出來。

「——膠囊？」

亞里沙看到那個之後小聲地說。

看得出來這是日本常見的水溶性藥用膠囊。

而且從溶解到一半的膠囊上，能夠隱約看出上面印刷類似**英文字母**的文字。不對，仔細一看才知道那不是英文字母，而是俄羅斯的西里爾字母。

從幕後黑手那裡沒收的衣服中並沒有類似的膠囊或空瓶。

「……為什麼會出現這種東西？」

我對亞里沙的問題搖了搖頭。

「我對那個東西有印象。」

亞里沙和我同時看向緹雅小姐。

「派去佐馬姆格密根據地搜查的孩子們找到的物品中，應該有這個才對。」

在扣押品之中，找到了兩個裝有跟他胃裡相同膠囊的瓶子。

「這個是毒藥，而這個是解藥呢。」

亞里沙看著寫在瓶身上的文字說。

「都是些沒看過的文字，妳看得懂嗎？應該不是希嘉王國的文字吧？」

「嗯，不是。這是勇者之國的文字喔。」

那些瓶子是北日本人民共和國製造，製作商則**印刷**著妙斯諾基藥廠的字樣。

「是以前的勇者帶來的嗎？」

「這個可能性很大。」

不過，畢竟除此之外沒有類似的東西，所以無法確定。

「會是被同伴滅口了嗎？」

「或許是一開始就吃了也說不定。」

我試著把放在桌上的同一種毒藥膠囊扔進水裡，卻沒有溶解的跡象。

儘管只是猜測，我想這應該是不易溶解的難溶性膠囊。證據就是同時扔進水裡的解毒藥膠囊已經完全溶解了。

「意思是只要不在一定時間內吃下解毒藥，就會死嗎？」

我點頭同意緹雅小姐說的話。

「是的。恐怕是為了避免在被敵人抓住時，受到拷問說出情報吧。」

「就像出現在間諜故事裡的人物一樣呢。」

聽完我的推理，亞里沙聳肩嘆了口氣。

緹雅小姐似乎仍然沒有放棄暗殺者入侵或是存在間諜的可能性，可是我認為既然有這麼多證據，就不必考慮那方面的問題。

雖然結果出乎意料，總之這下應該能當作佐馬姆格密盯上要塞都市的野心已經破滅了。

假如可以，希望能知道他在鼬帝國方面協力者的情報，但是現在應該對麻煩事離開蘿蘿身邊感到開心才對。另外，儘管仍然存在和鼬帝國發生什麼事情的可能，畢竟他們做了那麼大費周章的事情卻失敗了，就算想報仇也要花上幾年的時間來準備才對。

◆

「歡迎蘿蘿老闆回來！」

「啊——！是佐藤先生！你們回來這裡了嗎！」

跟蘿蘿一起回到勇者屋之後，店員們紛紛出來迎接。

「大家，我回來了。」

新幹部特邦先生和幹部候補穗羽一起從店裡深處走了出來。

「歡迎回來，蘿蘿老闆。您身體沒事吧？」

「是的，我沒事。店的狀況還好吧？」

「嗯，那當然。畢竟大家都被店長感化了。」

抱著文件的穗羽從正在悠閒聊天的特邦先生身後擠了過來。

「蘿蘿老闆！烏夏商會那邊發出了這樣的提議……」

「是小凱莉講的那件事吧。嗯——這樣的話……」

蘿蘿看著穗羽拿來的文件陷入苦思。

看到蘿蘿那副模樣，穗羽用尋求意見的眼神看著我，然而我搖了搖頭。這件事我不應該插嘴。

「嗯，針對這點再討論一下，畢竟這樣下去我們沒有好處，三成——不，把條件往四成的方向談，最後的結果大概會落在三成半左右吧？」

蘿蘿猶豫再三之後，這麼做出結論。

「這樣就行了吧，特邦？」

「是的，我想這樣就可以了。」

「那麼，穗羽。就照我剛剛說的方向進行吧。」

並在最後徵求幹部特邦先生的意見之後，做出「去吧」的手勢。

換作以前，這個情況下她應該會向我求助才對，但現在的她已經會好好徵求特邦先生的意見，並且自己做出決定了。

儘管處置方式有點亂來，當時與蘿蘿保持距離似乎很正確。

「蘿蘿老闆！剛剛帽子店的老闆詢問，能不能販售他們的新商品。」

「帽子店老闆？能當防具使用嗎？」

我和蘿蘿一起前往後院，發現那裡擺著幾頂帽子。

其中一半是布料厚重，感覺能當成簡易頭盔的帽子；另一半則採用了單純的時尚風格。

「蘿蘿小姐，這邊的應該不能當成防具吧？」

「可是，妳不覺得冒險者會喜歡這種風格嗎？擺在位於住宅區附近的二號店感覺會賣得不錯。」

露露和蘿蘿在看的，是一頂像南國花朵一般的彩色帽子。

「不覺得這個很適合蘿蘿和露露嗎？」

亞里沙拿起附著各式各樣有色假髮的寬緣帽說。

「真的耶。戴上這個感覺就像露露小姐一樣。」

「這邊的像蘿蘿小姐呢。」

蘿蘿和露露戴起加上彼此顏色假髮的帽子。

「這麼做的話，感覺會更像喔。」

亞里沙將她們的頭髮綁好，收進帽子裡。

的確一模一樣。感覺就像雙胞胎互換身分似的，看起來有點有趣。

「喂！烏夏商會的下任會長凱莉娜格蕾大人親自光臨，卻沒人來迎接嗎？」

店鋪方向傳來熱鬧的聲音。

看來是凱莉小姐過來玩了。

「然後蘿蘿！四成不合理吧，四成！」

凱莉小姐單手拿著文件逐漸逼近。

「那、那個……」

「幹嘛？」

「小凱莉，我在這裡喔？」

蘿蘿看起來很開心地拍了拍逼近露露的凱莉小姐肩膀。

「咦？啊啊！瞳孔的顏色！妳是蘿蘿吧！」

「嘿嘿嘿～沒錯！我是蘿蘿～」

跟青梅竹馬凱莉小姐說話時，蘿蘿的語氣總是會變得隨便呢。

「那麼，這邊的是——」

「我是露露。」

露露脫下附有假髮的帽子訂正。

「為什麼要戴那麼容易讓人誤會的帽子啊！」

「因為帽子店的老闆送來了帽子的試作品，我打算放在鄰近住宅區的二號店賣賣看。」

「哦～想擴大經營範圍是無所謂，但要掌握在自己能控制的範圍喔。」

「嗯，我知道了。謝謝妳，小凱莉。」

「哎呀～這是身為商人前輩的忠告——喂！我不是一直說不准省略嗎！我叫做凱莉娜格蕾！是烏夏商會的凱莉娜格蕾喔！」

她從剛剛就一直被叫做小凱莉，看來總算注意到了。

尾聲

——嗡嗡嗡嗡嗡嗡嗡嗡嗡嗡嗡嗡嗡嗡嗡！

警報聲打破了悠閒的氣氛。

「我說！又出現新麻煩了嗎？」

我和發牢騷的亞里沙一起衝出店外，抬頭仰望天空。

「那個是——」

一個有印象的物體飛過天際。

是在越後屋商會經過魔改造的高速飛空艇。

「主人，那個正在爆炸，我這麼告知道。」

就像娜娜指出得一樣，飛空艇在空中一邊發生小型爆炸，一邊逐漸朝大魔女之塔的方向墜落。

是誰坐在上面——想到這裡，我才發現飛空艇上顯示著幾個代表熟人的藍色光點。

我在掌握上面的人是誰之前就衝了出去。

飛空艇下降了高度，一邊看似即將擦撞到路旁房子的屋頂，一邊在風魔法的支援下勉強支撐，就這麼迫降在大魔女之塔的前面。

直到最後都不停使用風魔法，坐在飛空艇前端艙門的人探出身子抬起頭來。

在要塞都市的強烈日光照射下，陽光流曳在她那亮橙色的頭髮上。

「……佐藤先生。」

發現我之後，對方的眼神從驚訝轉為喜悅。

「佐藤先生——！」

接著跳出艙門筆直地朝我跑來，順勢抱住了我的脖子。

「好久不見了，潔娜小姐。」

她是聖留伯爵領的魔法兵，潔娜・馬利安泰魯小姐。

今天潔娜小姐穿著像是緊身衣那種能貼合身體曲線的衣服，是我代替耐G力服提供給博士們的黃金鎧內襯，外面還披著一件類似薄型開襟衫的東西。

「佐藤？」

「「「主人！」」」

繼潔娜小姐之後從艙門露面的是穆諾伯爵的次女卡麗娜小姐，她被接著探頭的娜娜姊妹們不斷推擠而差點跌倒，所有人都跟潔娜小姐穿著一樣的衣服。

接著小光也從另一個艙門探出頭來，不斷朝我揮著手。

雖然不知道她們是基於什麼理由才會從希嘉王國長途跋涉來到遙遠的要塞都市，總之先找個安靜的地方，再慢慢問個清楚吧。

首先大概得先應付宣布「有罪」的鐵壁組合，以及察覺現狀而滿臉通紅、全身僵硬的潔娜小姐吧？

◆

這個時候，在我完全不知道的地方，發生了下一個事件。

「不好了！夏洛利克殿下失蹤了！」

位於富士山山腳的某間修道院裡，一名修女衝進院長室。

「又偷溜出去了嗎？殿下真是令人困擾啊。」

「院長大人！得快點找到殿下才行！」

「不要緊的，殿下的身體沒辦法跑太遠。更何況今天出入的馬車也沒來，肯定已經倒在路上的樹底下了。」

跟著急的修女相反，院長平靜地回答。

「我立刻出發。要是殿下真的失蹤了，修道院就必須負起責任才行。萬一真的發生那種事——啊啊！」

這間修道院透過收留有問題的貴人來獲得捐獻。只要收留的貴人發生事故，將會引發信任問題。對於仰賴這個副業來貼補微薄經營資金的修道院來說，必須避免最壞的事情發生。

負責修道院收支的修女表情拚命地衝出院長室。

然而——

與院長立刻就能找到的預測相反，第三王子依然行蹤不明。即使動員修道院的人員加上附近的村民一起搜索，直到太陽下山仍然沒找到他。

「院長大人，這下該怎麼辦？」

「冷靜點。首先要向王都派出傳令。」

「我明白了。我立刻派出腳程快的人拿著文件出發。」

「等一下。」

院長制止打算急忙衝出房間的修女。

「用信鴿吧。」

「可是，信鴿只能送到特夫莫鎮的神殿……」

「我知道。就把殿下失蹤的事告訴特夫莫鎮的守護大人，請他聯絡王都吧。這樣是最快的方法。」

院長一邊說明一邊在信鴿用的小紙條上寫下詳細內容，接著將紙交給一直冷靜不下來的修女。

「那麼，我立刻叫人準備鴿子。」

目送快步跑出房間的修道女離開，院長將手搭在臉頰上。

在沒有其他人的院長室裡，他走到窗邊。

「這樣就行了嗎？」

院長看著日落後變得昏暗的後院喃喃自語。

緊接著他聽見背後傳來金屬聲響，因而回過頭。本應空無一人的房間桌上放著一個天鵝絨製成的束口袋。

「哎呀哎呀。」

束口袋裡充滿黃金的光輝。

「這下就能過冬，也能讓修道院的孩子們吃個飽了。」

院長將束口袋收進金庫，為了向神獻上祈禱而前往禮拜堂。

——為了祈禱從修道院消失的夏洛利克第三王子能夠平安無事。

◆

「約翰！約翰史密斯！快點進行解讀！」

在離富士山脈很遠的希嘉王國最西邊的深山裡，迴蕩著男子不耐煩的聲音。

身穿貴族衣裝的青年正在斥責一名黑髮獨臂、解讀刻在遺跡上神祕文字的少年。

「請等一下，字跡模糊很難看懂。」

「真是的，就是這樣平民才討厭！」

「索凱爾老闆，請稍微冷靜一點。」

滿臉鬍鬚的探索者對身穿貴族服的青年說。

「我很冷靜！你們知不知道殿下委託尋找『聖骸動甲冑』的任務對希嘉王國來說究竟有多重要啊！」

「聖骸動甲冑啊，就是王祖大人傳說中的那個對吧？真的存在嗎？」

「當然存在！殿下可是得到了王家祕藏，寫有勇者文字的機密文件啊！」

聽見探索者質疑的話語，感到不悅的索凱爾發起脾氣。

「知道了、知道了。既然如此，那就更該謹慎點才行。」

「就是說啊～亞沙克說得沒錯～要是因為著急～解讀錯誤可就麻煩嘍～？」

女性神官用平穩的語氣替探索者——亞沙克打起圓場。

「——亞沙克。」

「怎麼了，丹——唔噫！」

亞沙克受到魔法劍士同伴呼喚而回頭一看，接著看見位於同伴眼前的東西之後，頓時啞口無言。

「難不成是飛龍？」

「不，那是龍。」

魔法劍士訂正魔法使打扮的美女提出的問題。

「居、居然說是龍？快、快給我想辦法！我就是為此才僱用你們的啊！」

「就算你這麼說，對手可是龍耶。」

與狼狽的貴族打扮青年相反，亞沙克毫無緊張感地回答。

「你們這樣也算祕銀探索者嗎！讓我見識一下在『天破的魔女』琳格蘭蒂底下聞名的實力吧！」

「就算你這麼說，我只是個斥候耶——丹，你贏得了嗎？」

「不敢說會贏。不過，是值得一戰的對手。」

被亞沙克提問的魔法劍士將手放在愛劍上。

「真是的～戰鬥狂真令人困擾～」

「那麼，一開始我先來一發大的，剩下就拜託你們了。」

神官詠唱起強化魔法，魔法使開始使用增幅系的技能和道具。

就算面對令人絕望的對手，他們的臉上也沒有絲毫膽怯。

對手是龍。就算只是下級龍，也是過去在比斯塔爾公爵領將現任希嘉八劍「割草」盧歐娜、「紅色貴公子」傑利爾以及「風刃」包延三人率領的派遣軍隊玩弄在股掌間的強敵。

龍在空中盤旋，魔法使的詠唱即將結束。

一觸即發的氛圍，使得眾人的皮膚一陣躁動。

「——慢著！」

那位解讀遺跡的少年衝進雙方中間。

「平民少來礙事！」

「就說等一下了！遺跡上寫得很清楚！不要攻擊龍！還寫了拋下武器，祈禱自己能繼續前進！」

「真的嗎？」

少年點頭回答亞沙克的提問。

「——亞沙克？」

詠唱結束的魔法使開口詢問。

「算了，中止啦，中止！取消魔法吧，雪莉歐娜。」

「——認真的嗎？」

「知道了。」

貴族打扮的青年質疑做出決定的亞沙克神智是否正常，不過魔法使支持這個決定，取消了即將發動的魔法，魔法劍士也把劍收回鞘裡。

或許是感覺到魔力擴散，龍返回原本所在的山峰。

「幹得好，約翰！你說得沒錯！」

「好痛，就說很痛啦，你這個肌肉棒子！」

約翰拚命推開將自己摟到身邊不停拍打背部的亞沙克。

「索凱爾先生，入口就在龍棲息的山腳下，有陰影在的地方。」

「這樣啊，我們走。」

貴族打扮的青年沒有說出任何稱讚或感謝的話語，只催促他們開始移動。

「別在意，貴族就是那樣。」

「我知道。我只要能拿到報酬就行了。」

被亞沙克安慰的少年平淡地回答。

「話說回來，你是被什麼報酬吸引過來的啊？」

「沒什麼大不了的，就是錢和介紹信。」

「介紹信？」

「是啊。沒有貴族的介紹信，沒人願意幫我製作義肢。」

「原來如此，是這樣啊。因為你給人一種不會接近貴族的感覺，我一直很好奇你為什麼會接受索凱爾的委託呢。」

「我們只是偶然遇到。契機是我唸出那傢伙掉落紙張上寫著的文字。」

「文字是指勇者文字嗎？你是在哪裡學會那麼困難的文字啊？果然是希嘉帝國？」

「我在希嘉帝國有個熟人。就是我失去這隻手時的救命恩人。」

「你們在做什麼！還不快點過來！殿下可是在等著我們啊！」

「不妙，發脾氣了。沒辦法，在他鬧彆扭之前快趕路吧。」

在亞沙克的催促下，少年們抵達位於裂縫深處的入口。

為了尋求王祖大和時代被譽為所向無敵的「聖骸動甲冑」，他們走進前人不曾涉足的遺跡之中——

◆

但是，也並非全都是壞事。

「賽拉，快到飛空艇起飛的時間嘍。」

在希嘉王國公都的某個機場上，青年貴族呼喚身穿巫女服的少女——特尼奧神殿的巫女賽拉。

「好的，多爾瑪叔叔。我們走吧，你們幾個。」

賽拉呼喚在桌邊吃點心的海獅人孩子們。

「巫女，馬上來。」

「巫女，等一下。」

兩人搖頭晃腦地走到賽拉身邊。

三人手牽著手，跟著多爾瑪一起走上大型飛空艇的登機梯。

「賽拉，來這裡。可以看到起飛的情形喔。」

在多爾瑪的呼喚下，賽拉帶著海獅人孩子們走進瞭望臺。

其中有幾個來自充斥獸人歧視者的北部地區的人在見到海獅孩子們之後皺起眉頭，不過瞭望臺裡大多數人的注意力都被身為歐尤果克公爵孫女的賽拉所吸引。

「終於要出發了呢。」

「是啊，多爾瑪叔叔。」

「妳想早點跟佐藤大人見面嗎？」

「是的——不對！我是因為接到特尼奧大人的神諭才會前往王都！絕對沒有想跟佐藤先生見面，或是只要前往王都說不定能偶然碰面之類的想法。」

「說得也是。如果是心儀的對象，神明大人肯定會讓你們見面。」

多爾瑪忍著笑意，半開玩笑地對內心想法表露無遺的賽拉說。

「多爾瑪叔叔！」

「抱歉、抱歉。那麼妳說的神諭，究竟是什麼樣的內容呢？」

「因為很模糊，所以不太清楚，但特尼奧大人說佐藤先生需要我的幫助。」

實際上並沒有指名道姓，只是用類似「妳的命運之人」的感覺發出了神諭，不過對賽拉而言兩者沒有差別，所以她為了方便理解講出了名字。

「哦～成為弒魔王者之後，還得到神明大人的關照啊……」

多爾瑪很佩服似的說。

「巫女，起飛了！」

「巫女，浮起來了！」

賽拉被海獅孩子們拉著手帶到窗邊，她跟多爾瑪之間的談話便到此為止。

「飛船，要去哪裡？」

「巫女，告訴我。」

「這架飛空艇會前往王都喔。」

「娜娜，在嗎？」

「娜娜的組人，在嗎？」

「嗯，一定在。」

賽拉點頭回答海獅孩子們的問題。

然後注視著前方富士山脈的另一端——王都所在的方向。

「……佐藤先生，我們很快就能見面了。」

賽拉帶著感慨萬分的心情，自言自語地說。

故事朝著希嘉王國的王都聚集。

後記

您好，我是愛七ひろ。

非常感謝各位購買《爆肝工程師的異世界狂想曲》第二十四集！

能像這樣順利地增加集數，都是託各位讀者支持的福。

以後我也會不斷努力打破常規，寫出比以往更有趣的故事，還請各位今後也多多支持。

那麼，為了看過後記才決定是否購買的讀者，就來複習上一集的內容，以及講述本集的看點吧。

在上一集中，佐藤一行人離開西方諸國，造訪位於樹海迷宮的迷宮都市，遇見了和露露長得十分相像的蘿蘿。他們以協助蘿蘿的方式使得勇者屋蓬勃發展，並在跟神獸芬里爾一同討伐攻進要塞都市的死靈術士和上級魔族之後結束。

本集則是那些事件的後續。

隨著勇者屋的發展，佐藤的監護人性格引發了新的問題。

夥伴們以成為能讓佐藤依靠的存在為目標；蘿蘿也僱用新的員工，朝著老闆之路邁進。

正如後記一開始提到的，本集以「打破常規」為關鍵字，試著加入一些從「類似的發展？」到「來這套啊！」的驚喜橋段。

看完本集之後，如果能從上一集重看一遍，我認為應該能更加享受故事。

不同於上一集，本集的尾聲是ＷＥＢ版沒有的「全新故事」，所以已經看過ＷＥＢ版的讀者應該也能放心閱讀。

而在上一集中，像是大魔女和蘿蘿的關係、馬人鍊金術士為何會被挖角離開勇者屋，以及死靈術士為何要襲擊要塞都市等，這些殘留的疑雲將會一一揭曉，我有自信各位讀者能夠享受到最後。

當然，本系列主題的觀光篇章也依然健在。

因為某些理由離開要塞都市的佐藤一行人遊覽了樹海迷宮附近的各個國家，欣賞不同種族特有的建築以及地標，穿上異國的民族服飾一邊逛市場一邊享用當地的名產。

還在最後造訪的國家宮殿裡，享受了傳說中的「那個遊戲」。究竟是什麼樣的遊戲呢？還請各位親自確認。以前在希嘉王國王都得到的「惡作劇卿」的特權也會一併揭曉喔～

在故事的尾聲，許久沒有登場機會的人物們也會出場，若是各位能帶著期待的心情看到最後，將會是我的榮幸。

在開始謝詞之前有三件事情要告訴大家。

あやめぐむ老師繪製的漫畫版《爆肝工程師的異世界狂想曲》第十三集也同時發售了（註：本篇提及的書籍資訊，皆為日本當地的販售資訊）。書中收錄了小說版第五集前半，賽拉和卡麗娜小姐大顯身手的故事內容，敬請欣賞許久不見的賽拉吧。

另外，由許多出色作家參與的精選漫畫集也將與漫畫本篇同時發售，若是各位願意賞光，那將是我的榮幸。內容是眾多漫畫家們創作的有趣故事，相信一定能夠滿足各位。

還有，由「つむみ」老師負責的外傳作品《爆肝工程師的異世界幸腹曲》也將在《月刊DRAGON AGE》二月號上開始連載，那邊也請各位多多指教。雖然在寫這段內容時只有角色設定圖和分鏡稿，由於每個角色都非常鮮活可愛，肯定能讓各位讀者好好享受一番。

最後是問卷調查的報告。只要讀取左邊的QR碼就能進入網路問卷頁面，若是各位願意留下讀後的熱情感想，將是我的榮幸。

接下來是慣例的謝詞！

一直以來都承蒙責任編輯I和總編A的幫助。儘管本書已經是超過二十集的長壽作品，仍能夠以外傳、精選漫畫集和特裝版等方式來提升作品熱度，實在非常感激！接下來也請兩位繼續鞭策指教。

我也要向用出色插畫幫狂想曲世界增添色彩的ｓｈｒｉ老師獻上感謝。正因為有圖片的輔助，才稱得上是新文藝！

接著，我要向以角川ＢＯＯＫＳ編輯部的各位為首，與本書的出版、製造、通路、銷售、宣傳與媒體相關的所有人獻上感謝。

最後要向各位讀者獻上最深的感謝！

非常感謝各位將本作品看到最後！

那麼我們下一集希嘉王國〈聖骸動甲冑〉篇再會吧！

愛七ひろ

https://kdq.jp/desuma24atogaki

續・魔法科高中的劣等生

魔法人聯社 1~5 待續

作者：佐島 勤　插畫：石田可奈

在聖遺物「指南針」的引導下
達也將前往古代傳說都市「香巴拉」！

從USNA沙斯塔山出土的「指南針」或許是古代高度魔法文明都市香巴拉的引路工具。認為香巴拉遺跡或許位於中亞的達也，前往印度波斯聯邦。此時逃離警方強制搜查的FAIR首領洛基・狄恩卻接見來自大亞聯盟特殊任務部隊「八仙」之一……

各 **NT$200~220/HK$67~73**

國家圖書館出版品預行編目資料

爆肝工程師的異世界狂想曲 / 愛七ひろ作；九十九夜譯 . -- 初版 . -- 臺北市：臺灣角川股份有限公司，2023.09-

冊；　公分 . -- (Kadokawa fantastic novels)

譯自：デスマーチからはじまる異世界狂想曲

ISBN 978-626-352-896-3(第 24 冊：平裝). --

ISBN 978-626-352-897-0(第 25 冊：平裝)

861.57　　112011238

Kadokawa
Fantastic
Novels

爆肝工程師的異世界狂想曲 24

（原著名：デスマーチからはじまる異世界狂想曲 24）

2023年9月13日　初版第1刷發行

作　者：愛七ひろ
插　畫：shri
譯　者：九十九夜

發行人：岩崎剛人
總編輯：蔡佩芬
編　輯：彭曉凡
美術設計：李思穎
印　務：李明修（主任）、張加恩（主任）、張凱棋

發行所：台灣角川股份有限公司
地　址：104台北市中山區松江路223號3樓
電　話：（02）2515-3000
傳　真：（02）2515-0033
網　址：www.kadokawa.com.tw
劃撥帳戶：台灣角川股份有限公司
劃撥帳號：19487412
法律顧問：有澤法律事務所
製　版：巨茂科技印刷有限公司
ISBN：978-626-352-896-3